JN099059

「毒虫」詩論序説

声と声なき声のはざまで

河津聖恵
Kawazu Kiyoe

ふらんす堂

目次

目次

I　論考

1　「毒虫」詩論序説——二〇一五年安保法案可決以後　8
2　どこかに美しい人と人との力はないか——五十六年後、茨木のり子を／から考える　14
3　渚に立つ詩人——清田政信小論　29
4　夢の死を燃やす——「黒田喜夫と南島」序論　40
5　金時鐘に躓く——私たちの報復と解放のための序章　52
6　黒曜石の言葉の切っ先——高良留美子『女性・戦争・アジア』から鼓舞されて　59

II　エッセイ

1　花の姿に銀線のようなあらがいを想う——石原吉郎生誕百年　66
2　「光跡」を追う旅——二〇一四年初冬、福岡、柳川、長崎　68
3　二月に煌めく双子の星——茨木のり子と尹東柱　73
4　「世界」の感触と動因——解体を解体する「武器」を求めて黒田喜夫を再読する　76
5　共に問いかけ続けてくれる詩人——石川逸子小論　85

III　書評

1　苦しみと悲しみを見据える石牟礼道子の詩性
——渡辺京二『もうひとつのこの世』・『預言の悲しみ』　92

2　現在の空虚に放電する荒々しい鉱脈――黒田喜夫詩文撰『燃えるキリン』　97
3　「にんごの味」がみちている――『宗秋月全集』　102
4　日本人が聞き届けるべき問いかけ――金時鐘『朝鮮と日本に生きる』　106
5　新たな「共同性」を希求する声――橋本シオン『これがわたしのふつうです』　113
6　「世界の後の世界」の美しさを信じよう
　　――福島直哉『わたしとあなたで世界をやめてしまったこと』　116
7　この青からより青なる青へ――荒川源吾『歌集 青の時計』　120
8　魂深くから聞こえる月母神の声――高良留美子『その声はいまも』　122
9　危機感と絶望の中で自身の実存を守るために
　　――テンジン・ツゥンドゥ『詩文集 独りの偵察隊』　124

Ⅳ　時評

1　タブーと向き合えない弱さ――「表現の不自由展・その後」中止に寄せて　130
2　透明な武器で撃つ――京都朝鮮学校襲撃事件を中心に　133
3　しんぶん赤旗「詩壇」（二〇一八年一月〜二〇一九年十二月）　136

あとがき

初出一覧

「毒虫」詩論序説——声と声なき声のはざまで

Ⅰ 論考

1 「毒虫」詩論序説――二〇一五年安保法案可決以後

「ある朝、グレゴール・ザムザが気がかりな夢から目ざめたとき、自分がベッドの上で一匹の巨大な毒虫に変ってしまっているのに気づいた。」

この秋、カフカの小説『変身』(原田義人訳)のこの有名な冒頭部分の意味が、初めて読み解けたと痛感した朝があった。変身したのはザムザではない。じつはザムザを取り巻く世界のほうだったのだ――。深夜、安保法案(安全保障関連法案)が可決し、殆ど眠れないまま迎えた朝である。

目が覚めると、異様な身体の重さに驚いた。そのまましばらく寝床にいたが、けだるさの中でふいに浮かび上がってきたのが、冒頭の一節だった。おのずとこんな「解釈」もまつわらせながら――私は何も変わっていない。世界も一見どこも変わるところはない。だが世界の内実はもう見えない質的な変化を遂げている。この国は戦争が出来る国に変貌した。国民は戦争機械の歯車になることを選んだ。少なくとも未来からそう歴史に刻まれつつある――。

もちろん戦後七十年の間も、この国が完璧な平和国家だったことはない。一方今後安保法を廃止に追い込む可能性も消えていないのだから、その努力は惜しんではならない。だが深夜のテレビ画面の前で可決に立ち会い、その瞬間自分がこれまで経験したことのない恐ろしさに見舞われた事実は決して忘れられないし、忘れてはならないだろう。一瞬私は完全な敗北者だった。「平和国家」を壊した共犯者だった。そう苦く自覚してはいけないだろうか。それは無益だろうか。結局ニヒリズムに陥るだけか。世界を変えるには、そんな敗北感を振り切りデモに行くしかないではないか――。

　敗北の暗い認識は、現実を変える行為にはつながらない。敗北の認識に浸かれば政治への無力感は深まり、デモへの気勢がそがれるのは必定である。しかし自分の苦い敗北感と痛みは、自分一人で引き受けるしかない厳然とした事実だ。恐らく今誰しもが密かに感じているその感覚と痛みを抜きにしては、そしてそれを深めなくては、新安保法制下の「新しい世界」という真の意味での毒虫の体内で、みずから光り出す力は持てないだろう。行為には無縁なその力こそが、今この時の海底で真実の詩をもたらすと思う。

　世界は空虚の毒を今も私の胸に染み込ませる。私の反戦の意志は変わらないが、だからこそ増していく不安と痛みがある。変貌を遂げ続ける世界の中で、敗北のリアリティと向き合いながらも変わるまいと意志すれば、一匹の「毒虫」としての運命を引き受けさせられることになるに違いない。小説の最後でザムザはどうなったか。カフカの世界の曇った空は、その後アウシュヴィッツの暗黒の闇に呑まれていったのではなかったか。

　可決の前々夜、私もまた群衆に交じり国会前に立ち、安保反対の意志表示をした。何万人もが集まったデモは深夜まで続いた。だが今記憶から浮かび上がるのは息苦しい「断絶」の感覚だ。立ち塞がる警察官と警察車両の青い壁、そしてその彼方のＬＥＤに冷たくライトアップされた議事堂。一方道路のこちら側では群衆が雨に打たれ、規制線の暗い内側で同じリズムとスローガンで叫び続けている。それらの間には絶対的な距離がある。群衆に同調し放ち続けた私の声は、規制線の外の誰に届いたか。規制線の内側で私は誰かと出会ったか。記憶の時空で私は一人姿と声を失い、目だけで光と影と、そして断絶を見つめている。私から放たれる匿名の声は、遠く光り輝くものに奪い取られ続ける。私自身の声は私の中に堆積するしかない――。

多くの人々の努力と営為が積み重ねられ続けるデモに、つかのまの個の違和感によって異議を唱えることは正しいのか。もちろん正しくはない。だが詩を書く者として私は、デモに加わりながらも、現場だからこそ感じうる違和感や孤独感、そして暗い予感に向き合うことを避けてはいけないとも思う。むしろそこからこそ新たな詩のあらがいの力は生まれると感じる。今起きていることの真実は、デモに参加する者の側にも、デモに加わらない者の側にも等分に存在する。声を上げうる者がいれば、声を上げえない者も当然いる。シュプレヒコールに同調することをためらう声なき声が、今デモ隊の背後で海のように国会を取り巻いている。あるいはデモ参加者も心の奥底にもう一つの声を抱え込んでいるかも知れない。詩を書く者として私は、シュプレヒコールに属しえないくぐもる声の無音と無調の激しさと深さに共鳴したいと思う。そこには未来の詩表現が胎動している。詩を、そして声を奪う者に対し沈黙の側からあらがう詩が。いきづき、深まり、拡がろうとする詩的あらがいの海が。

詩は「毒虫」の声の側にある。正確には「毒虫」の中の人間の声、つまり毒虫化した世界によって、人間のものだからこそ通じないもの、「毒虫」のものとされてしまう声の側にある。そもそも現代詩とはそのようなものだった。うたいたくてもうたえない、だから結局は「ひっかくように書く」（カフカ）しかないものだった。そのような現代詩の「毒虫性」こそが今、私の脳裏で夜光虫の美しさと深海魚の神聖さを帯び始める。

日ごと潜在し心身を侵蝕する敗北感にうながされ、机上にはいつしか、「戦後詩」と言われるカテゴリーに属する詩人たちの詩集や詩選集が積み重なっていった。『荒地詩集』『列島詩集』『列島詩人集』『黒田喜夫全詩』『鮎川信夫全集』『吉本隆明詩集』――。そして今年七月、あたかも私の渇きに呼応するかのように、「列島」の代表的詩人木島始の『木島始詩集復刻版』（コールサック社）が上梓された。一九五三年に出された詩集の内容に、新たに「各界からのメッセージ」を加えたものだ。木島の詩は六十二年後の今読んでも古びた感じがしないどころか、今だからこそ長い眠りから覚めた新鮮な眼差しと声を放ってくるのに驚いた。

木島は一九二八年生まれ、二〇〇四年没。その原点には、旧制高校時代広島で原爆を目の当たりにした体験がある。ラングストン・ヒューズなどの黒人文学の翻訳も手がけたすぐれた「反戦詩人」だ（「反戦詩人」とは、戦争が喚起する言葉にならない感情に、すぐれた詩表現を与えた詩人、という意味だ）。特に野間宏の木島評が素晴らしい。「このように最初に平和によって自覚した詩人の魂を私達が日本にもつことができたのは、はじめてのことである。平和によって最初に自覚した魂は平和がおびやかされるとき、はげしいいかりをもってばくはつする」。そのように木島は、危機への鋭敏な感覚の中で反戦の感情に鮮やかな未知のイメージを与えながら、透明に光る声を放つのだ。

「砂埃のようにぼくらの危惧を！／鳩はついにその鼓動の高鳴りをぼくらに放った。／掌から指先へと急ぐぼくらの血が、／そのはばたいてゆく速度にきそい、／しかとぼくらはみな胸にするのだ。／その、たったいま別れたばかりの／恋人のような美しさと健気さを！／鳩…………いまや、空を馳せるぼくらの純白の軌跡。／誓って、方位まごうまいぼくらの鳩。」

（「鳩」全文、一九五〇、※最後から二行目の「鳩」は文字サイズが大きい）

そして今年特に関連本が出た訳ではないが、木島から思い出されたのが黒田喜夫だ。木島が「他との比較を絶した粘着性のある衝撃力」を持つ「生々しい農村出身者の都市工場地帯放浪の詩人と評価する黒田は、生涯飢えた「毒虫」を抱え込み、また「毒虫」的境遇を強いられる者の側から書き続けた（『現代詩文庫　黒田喜夫詩集』思潮社）。代表作の一つ「毒虫飼育」は、一九五八年、当時共産党員だった詩人が「政治と詩」の問題、つまり詩を抑圧する「政治主義」に対峙し苦悩する日々に生まれた。この詩では、大地から根こぎにされて狂った母と革命に破れた男の幻想がきわどく交錯する。幻想と幻想がぶつかりあう緊迫したそのドラマは、当時詩人の魂を引き裂いた亀裂を生々しく象徴するのだろう。注目したいのはこの詩にただならぬ「毒虫」の声が聞こえることだ。

「もういうべきだ／えたいしれない嗚咽をかんじながら／おかあさん革命は遠く去りました／革命は遠い砂漠の国だけです／この虫は蚕じゃない／この虫は見たこともない／だが嬉しげに笑う鬢のあたりに虫が這っている／肩にまつわって蠢いている／そのまま迫ってきて／革命ってなんだえ／またおまえの夢が戻ってきたのかえ／それよりはやくその葉を刻んでおくれ」

（『現代詩文庫　黒田喜夫詩集』）

「革命ってなんだえ／またおまえの夢が戻ってきたのかえ」は母の声でもあり、母の鬢にまつわって蠢く「毒虫」の声でもある。それはまた「政治と詩」の葛藤に押し潰されていく、詩人の魂からしたたる粘性の血の感触でもあり、声なき死者たちの呪いの声でもある。

紙幅は尽きたが今年は『尹東柱詩集　空と風と星と詩』（上野都訳、コールサック社）、若松丈太郎『わが大地よ、ああ』（土曜美術社出版販売）、『新編石川逸子詩集』（同）、『安水稔和詩集成』（沖積舎）など、それぞれ声なき声にすぐれた詩表現を与えた仕事に注目した。

この酷い政治状況に対し、一人一人の詩はどのような「毒虫」に変貌できるか。もはや詩は血や涙のように生まれるしかないが、その煌めきがやがて新たな思想と世界の一端を照らし出すまで、詩人は声と声なき声のはざまで苦悩しなければならない。

2 どこかに美しい人と人との力はないか──五十六年後、茨木のり子を／から考える

ある時までは未来へ向かっていることを疑いもしなかった時間が、いつしかじつは過去へ向かい出していた、という錯視にも似た茫漠とした思い──それが今、私の中に広がりだしている。時間のアポトーシスとでもいうようなこの実感は、自分一人のものなのか。まだ取り返しはつくのか。わずかにでも「歴史感覚」をいつか芽生えさせた者にとって、歴史が一斉に消え去ろうとするかのように陰翳を失くしつつあるこの現在は、恐ろしく明るく抑圧的なのだ。今あらゆるジャンルで、歴史をいきづかせる、自己と他者（あるいは死者）をつなぐ愛情や哀悼といった人間的な感情が嘲笑され、相対化され、力ずくで均されていこうとしている。

茨木のり子の言葉に接するのは何年ぶりだろうか。だが何年ぶりなどと言えるほど、その言葉に真剣に向き合った覚えはじつはない。恐らく自分の内外の何かによって遠ざけられ、機会を逸していたのである。今ようやく出会えたのは、現在が危機の時間だからだ。すぐれた詩と出会うという僥倖はつねに逆説的だ。出会えないでいた歳月の意味も、詩と向き合う中でゆっくりと炙り出されてくるだろう。

茨木は、戦後の批評の言葉が取りこぼした、人間の「暮らし」から生まれた言葉を手放さずに書いた詩人だ。この詩人にとって言葉とは人間そのものであり、「人格の反映以外のなにも

のでも」(1)なかった。そのような言語認識から書かれた詩は、どれも平易でありながら深い。その言葉は、産毛にすぎない私の「歴史感覚」の根元にまで触れてくる。そして「『ああ、久しぶりに人間の言葉を聴いた』という、一種のよろこび」(2)をもたらすのだ。人間、身体、感情、暮らしといった根源的な次元から時代に向き合った詩人の言葉は、私もまた人間であることを、つまり身体と感情をもって歴史を生きる者だということを、忘れていた鮮やかさで実感させてくれる。詩でしか捉えられない、あるいは伝ええない「歴史感覚」があることを、教えてくれる。

　詩人は生涯をかけて、詩や言葉つまり人間を否定するものと一人でたたかった。その姿は今立ちこめる、生きる喜びを反転させ人間を怪物化する時間のアポトーシスの霧の中で、あかあかとかがやいて見える。詩の中から、詩人が残した言葉のあたたかな体温と、そこに響く誠実なアルトの声が蘇る。そして私もまたあくまでも人間でありたい、という思いにかられる。「ああ、人間に出会った」と誰かから思われる人間でありたい、と。それは「ああ、詩に出会った」と思われる詩を書きたいという願いと重なり合う。

　詩でしかつかみ取れない、歴史の感覚と人間の真実。詩だけが可能にする、歴史や人間を滅ぼすものとのあらがいの方途。茨木のり子が切り拓いて見せたのは、それらを求める意志としての詩の可能性だ。あるいは詩が現実と向き合う行為だと自覚する中からしか見えてこない「美しさ」を、かがやかせて見せた。一方茨木は、すでに与えられた自由を疑うことなく、そこで戯れ続ける現代詩を、寂しい自閉だとして遥かに見やっていた。最近の現代詩はつまらない、と折にふれてこぼしたりもした。たしかにこの国の現代詩は、自閉からもう解かれてもいいと私も思う。ポストモダニズムなど本当はなかったから。戦後はまだ終わってはいないから。いや、もうすでに新たな戦争は始まっている。それはこの数年の政治状況がはっきりと見せつけている。

そもそも詩は、一人の人間が絶望のさなかでみずからを打ち、誰でもない何かに訴えようと向き直って生まれるうたである。たった一人の、言葉の生命力によるあらがいの姿なのだ。言葉の生命力――それはかつてこの国で「言霊」と呼ばれていた。エッセイ「美しい言葉とは」（『言の葉さやげ』）に、「言霊」について言及した箇所がある。言葉が氾濫しながらも、「一人の人間の鮮烈な言葉にゆきあたらない」戦後の日本社会を憂えた後、詩人は次のように書く。

> 「『言霊の幸(さきは)ふ国』などと勝手にきめてきたわけだが、それにしてもこうしためったやたらな溢れかえりを指したものではなかった筈である。一人の人間のなかに長い間あたためられ、十分に蓄電されて、何かが静かに身を起こし、ぽっと燈りのつくような、言葉が幸(さち)そのものを呼びよせてしまうような、あるいはまた鋭い電流が一瞬に走り出すような、言語機能の不可思議さ、不可知さを言霊と名づけたものだろうが、この魅力ある霊(たま)の所在を示すような言葉に、なかなか行きあえないことをひしひしと感じる。」

この文章は戦後二十五年経って書かれた。その間に詩人が見た社会と言葉の状況がどのようなものだったかが、ここから読み取れるのではないか。他の戦後詩人と同様、茨木は戦後の絶望的な言語状況をまのあたりにしていた。「民主主義」によって保障された「言論の自由」を、集団の言葉の自由として享受しつつも、個の言葉を育み真の対話を生み出すための自由として受け止められた者は少なかったのだ。つまり多くの人にとって、「言論の自由」の保障は、言葉を言わば「大文字の他者」※として捉えることにはつながらなかったのである。だが本当は、言葉の象徴機能を介して他者と対話するという経験こそを、この国の人々は積み重ねなくてはならなかったはずである――。茨木が「言霊」という言葉を用いながら言っているのは、言い換えればそのようなことだ。

つまり茨木がここで言う「言霊」とは、言葉の象徴化の力であると言って間違いない。それは「鋭い電流が一瞬に走り出すような、言語機能の不可思議さ、不可知さ」、つまり人を外来の観念へ拝跪させるのではなく、あくまでも日本語の思わぬ美しさによって一瞬で射抜く力だ。自己の「言霊」は「鋭い電流」として、他者にひそむ「言霊」を触発する。その瞬間、記号にすぎなかった言葉は「真率で肉化された言葉」[3]として立ち上がる。活字に閉じ込められていた言葉は「身を起こし」、「肉声となって伸び」ていく[4]。

一方例えば「平和」「自由」「反戦」といった誰かから与えられたスローガンは、象徴的ではあっても象徴機能を持たない。叫べば一体感と解放感はあるが、言葉自体は、青空に鳩が飛ぶ書き割りのような平板なイメージをもたらすだけである。集会やデモから離れれば、それらの言葉は魔法が解けたように力を失ってしまう。

「近くの女子大で学園紛争が起ったとき、そこの女子大生たちがヘルメットをかぶり『闘争勝利！』『闘争勝利！』と連呼しつつ駅前でデモっていた。ひとびとはちらと見たきりふりむきもしない。この連呼ばかりでは何一つ言っていないことに等しく、自分たちの学園で起ったことを市民にも知らせたいと思うなら、そこに一工夫あってもいい。」

「いくら過激な言辞でも、なまくらで、だらりと寝そべったようなものにしか受けとれないとしたら処置なしである。現実にはそういうものばかり多くて、新鮮なつむじ風、薫風、涼風、疾風というのにゆきあえる機会はきわめてすくない。」(5)

これらは一九七三年に発表された文章である。当時学生運動はあさま山荘事件などをきっかけに、急速に一般の支持を失い始めていた。にもかかわらず運動家たちは、小集団化した組織の内部対立に気を奪われ、外部の社会においてはますます難しくなった自分たちの立場を自覚して新たな言葉を見出し、自分たちの主張を人の心へ架橋させる努力を怠っていた。「この連呼ばかりでは何一つ言っていないことに等しく」、「いくら過激な言辞でも、なまくらで、だらりと寝そべったようなものにしか受けとれないとしたら処置なしである」という批判は厳しいが、決して通俗的ではない。ここにあるのは、「連帯を求めて孤立を恐れず」（これはそもそもは詩人谷川雁の言葉だ）の「孤立」という切実な覚悟を、一人一人が持ち直し、そこから新たな言葉を獲得してほしいという励ましなのだ。茨木が若者たちに求めたのは、連帯が硬直化する中で一人一人が孤立する覚悟だけが可能にする、しなやかな未知の連帯である。詩人の言葉を用いるならば、「美しい」連帯である。

ではこの詩人が言う「美しさ」とはどのようなものか。

「この世には面（おもて）をそむけるような残酷なことが平然とおこなわれ、その反面、涙のにじむようなやさしさもまた、人知れず咲いていたりします。無残に断ちきろう断ちきろうとする強い力がある反面、結ばれよう結ばれようと働く力もまたあるのでした。たぶん芸術というのは、この結ばれようとする力に、美しい形をあたえ、目にみえ耳にきこえるようにしたいという精神活動の一部なのかもしれません。」(6)（傍点筆者）

ここで言う「芸術」には、もちろん詩も含まれる。すると詩は言葉によって「結ばれようとする力に、美しい形をあたえ」る芸術となる。注意すべきなのは、茨木の言う「美しさ」とは、観念や情緒ではないことだ。一般に「美しさ」とは、ともすれば曖昧でありながら至高なものだったり、逆に花鳥風月的な月並みなものだったりする。恐らく「美しさ」とは、それだけでは結局はどちらかに矮小化してしまうものなのだ。だが茨木の「美しさ」は違う。それは現実と対峙する弾力を持つ美しさだ。

では茨木の「美しさ」は何と対峙するのか。それは「醜さ」ではない。この国を覆う「寂しさ」である。さらに言えば、「寂しさ」がもたらす文化と人の心におのずと巣食う、無力感と諦念である。そのような根深い「寂しさ」が存在するために、茨木が言うように、この国には「怒(ど)」を表現するすぐれた詩歌が極めて少なかったのであり、一方「『哀(あい)』」において多くの傑作を生んで」きたのである(7)。では茨木は、どのようにして「寂しさ」に対する批判意識を獲得出来たのか。それは、「寂しさ」がこの国のあらゆる負性の根源であると見抜いた、金子光晴との出会いによってである。

詩人は、自分の「一番きれいだったとき」を奪った戦争がなぜ起こったのかを知りたいと切望していた二十歳過ぎ、金子の詩「寂しさの歌」（一九四五年五月五日作）に出会い、その答えを見出した（「私の経験した戦争（十二歳から二十歳まで）の意味がようやくなんとか胸に落ちた」）(8)。茨木はこの時、自分の国の精神的な本質を見抜く思想の核を、与えられたのである。

金子は、日本には貧しさから滲む「寂しさ」が根深くあるだけでなく、さらに人々が「寂しさ」に向き合おうとしないという絶望的な「寂しさ」を指摘して、「寂しさの歌」を終えている。また、この詩には「寂しさ」に徹底的にはあらがえない金子自身への自嘲も込められている。この詩で金子はまた、「寂しさ」が戦争の真の原因であると指摘する。

「僕らの命がお互ひに僕らのものでない空無からも、なんと大きな寂しさがふきあげ、／天までふきなびいてゐることか。」「遂にこの寂しい精神のうぶすなたちが、戦争をもつてきたんだ。」「寂しさが銃をかつがせ、寂しさの釣出しにあつて、旗のなびく方へ、／母や妻をふりすてまで出発したのだ。」

（傍点筆者）

「寂しさの釣出し」という表現は独特だが、戦争を内部から鋭く見つめた詩人の実感を感じさせる。ここで金子は、日本が引き起こした戦争の根源を、日本語の力によって摑み出し見せている。そしてこの独特の表現が、茨木にひそんでいた歴史感覚を、初めて鮮やかにふるわせたのである。

「第二次世界大戦時における日本とは何だったのか、なぜ戦争をしたのか、貧困のさびしさ、世界で一流国とは認められないさびしさに、耐えきれなかったしたちを、上手に釣られ一にぎりの指導者たちに組織され、内部で解決すべきものから日をそらさされ、他国であばれればいつの日か良いくらしをつかめると死にものぐるいになったのだ、と考えたとき、私の経験した戦争（十二歳から二十歳まで）の意味がようやくなんとか胸に落ちたのでした。」(9)

（傍点筆者）

金子の詩に触発され戦争の原因をこのように分析する茨木も、「さびしさにいたたまれなくなって」ふと友人に電話をしたり、旅に出たり、衝動買いをしてしまったりしたらしい。ただもっと大事な決断をする時は、「『寂しさの釣りだしにあっているんじゃないでしょうね？』と自分の心を点検していること」がよくあった。「寂しさの釣りだしは、まずおいしい餌としてぶらさがるので、ついパクリとやってしまい、あとで大後悔。自己顕示欲で釣られることも多く、いつも戦争という形でくるわけでもないので、油断できません。」「めったなことに寂しさの釣りだしにあわない男女がふえてくれば、どこの国も一番手ごわい敵を内部にかかえこんだことになるでしょう。」(10)ナショナリズムと戦争へ向かわせる、人の心にある原因――「寂しさの釣りだし」。それにあらがうために「自己点検」をする。つまり自分の内奥をしっかり見つめることが必要だと言う。一方「寂しさ」そのものに根本的にあらがうためには、何が必要なのか。茨木にとってそれは、言葉によって魂の「美しさ」を凛と示す、詩という行為だった。それが、戦争に青春期を奪われた空白の中で詩人がもがきながら獲得した、戦後という時間の中で詩を書くための思想だった。

以上のような意味が「美しい」という言葉に込められていると了解した上で、一九五六年に発表された詩「六月」(後に第二詩集『見えない配達夫』に収録)を読み返してみれば、より深くから立ち上がるものをたしかに感じる。繰り返される「美しい」には、日本の社会が戦後も依然として帯びている「寂しさ」を、挑発する弾力を持つ響きがあると分かる。この詩でうたわれるのは、自給自足で十全に暮らし、男も女も平等に向き合って暮らす「美しい村」、あるいは「食べられる実をつけた街路樹」が「どこまでも続く」理想郷だが、その村に「寂しさ」の陰翳がまつわることはない。人は「寂しさ」によってもたれ合うことがない。不条理なものに対する怒りが、「寂しさ」に呑み込まれ無力化することもない。

「どこかに美しい人と人との力はないか／同じ時代をともに生きる／したしさとおかしさとそうして怒りが／鋭い力となって　たちあらわれる」

この最終連に込められた思いを、詩人は終生手放すことはなかった。つまり「美しい人と人との力」への切望を。その「美しい力」に支えられた、「寂しさ」がもたらす社会の不条理への「怒り」を。差別意識やエゴイズムの根源にある「寂しさ」に、ともすれば釣られそうになる自分自身を「鋭い力」で刺す言葉を。

茨木は金子に触発されながらも、恐らく金子よりも深く、この国の「寂しさ」の本質を捉えることが出来たのである。

石垣りんに、サイパン島のバンザイクリフから投身する女たち、つまりサイパン島玉砕をテーマとした「崖」という詩がある。この詩を茨木は「第二次大戦をテーマとした詩」の中で「もっともすぐれたものの一つになるだろう」[11]と高く評価するが、その詩の最終連（「それがねえ／まだ一人も海にとどかないのだ。／十五年もたつというのに／どうしたんだろう。／あの、／女。」）を解釈しながら、こう述べる。

「最終連の、物体としての女は確かに海へ落ちたのだが、実体としての女は落ちず、行方不明なのだということがわからなければ……。私の考えによれば、行方不明の女の霊は、戦後の私たちの暮らしのなかに、心のなかに、実に曖昧に紛れ込んだのだ。うまく死ねなかったのである。自分の死を死ねなかったのである。／そのことを海は、発言しているわけなのだろう。サイパン島玉砕をテーマとしながら、この詩はさまざまな思考へと私を導く。現在でも交通事故で奪われた幼児の生命、心ならずも不自然に中断を余儀なくされた生命たちは、行方不明のままさまよっているのではないか……私たちのなかに。／そして私たちがわれらの文化と呼び、伝統と指しているものも、実はこれら行方不明者たちの捉えがたい怨み、曖昧な不燃焼のことではなかったのか。」[12]

「行方不明の女の霊は、戦後の私たちの暮らしのなかに、心のなかに、実に曖昧に紛れ込んだのだ」という見解は、じつに鋭い。それはこうも言い換えられるだろうか。「行方不明の女」のような無念の、無数の死者たちを、戦後社会はいつしか弔うことを忘れていった。だが死者の怨念（生者の罪悪感）は残り、戦後を生きる一人一人の、そして文化や伝統を司る者たちの無意識にひそかに染み込んでいった。その死者の死ねない死がもたらす陰翳が、戦後から今に続く日本を覆う「寂しさ」なのだ。しかし石垣は、記録映画を見たショックを十五年近く持続させ、「その体験をみずからの暮しの周辺のなかで、たえず組みたてたり、ほぐしたりしながら或る日動かしがたく結晶化させ」、「体験の組織化」を成し遂げたのだ[13]。そのような内面の「行為」だけが、この国の「寂しさ」から根源的に解放される方途である。戦後社会を生きる人々の無意識に、見えない廃油のように沈殿し続ける「寂しさ」と向きあい、死ねない死者の死を一人一人が内奥で昇華するための――。

では「体験の組織化」のために必要なものは何か？　それは「痛覚」、つまり他者の痛みを鋭敏に感受する感覚である。石垣が記録映画から受けたショックを、十五年間持続させたように。やはり同じ映像を見た茨木が、女の投身する姿に「あれは私だ！」[14]と心の中で叫んだように。「美しい言葉」は、そこからおのずと生まれてくるだろう。痛覚に限りなく近づこうとする日本語を模索する努力の中から、沈黙にあらがう弾力を持つ言葉は。そのような言葉を見出した時に、詩人は詩を書く。詩を書かない者も、何かを言わずにはいられなくなる。

茨木ももちろん痛覚からの「体験の組織化」を試みている。例えば、強制連行されてきた炭坑を脱走し、十三年間逃避行を続けた劉連仁の苦難の歳月を、詩人の想像力で描き上げた長編詩「りゅうりぇんれんの物語」（一九六一）。劉が発見されたというニュースに接した茨木は、「内部から衝きあげてくるものがあって、どうしても書かねばならぬという思い」[15]に従って、書いたという。あるいは、公式記者会見で戦争責任についてどう考えるかと質問された昭和天皇が、「そういう言葉のアヤについては」「文学方面はあまり研究もしていないのでよくわかりませんから」「お答えが出来かねます」とはぐらかした場面をテレビで見て、「野暮は承知で」「書かずにはいられなかった」[16]という「四海波静」（一九七五）。同詩で茨木は、「頼朝級の野次ひとつ」飛ばさないジャーナリズムと「黙々の薄気味わるい群衆」に対し、死者たちと共に魂をふるわせながら、激しい怒りを率直に表現した。

茨木の「痛覚」とはまさに「歴史的痛覚」なのだ。茨木がそのような本質的な痛覚を持てたのは、戦争を体験したからだけではない。自分が生きる時代に向き合い、そこで起きている変化を歴史の次元において見つめ、歴史の暴力に傷つけられた者たちの痛みに共振出来る人間らしい人間であろうとしたからだ。現在と歴史的に関わりながら、歴史と現在的に関わろうと努力したからだ。今もこの国のどこかに響く「死ねない死者」たちの、生きたいという叫びに耳を澄ませ、それを聞き届けたからだ。

今も響く「死ねない死者」たちの、生きたいという叫び――そのうち茨木が最も深く聞き届けた叫びは、日本に留学中に治安維持法違反で逮捕され、解放直前の一九四五年二月に旧福岡刑務所の独房で亡くなった（あるいは生体実験のために殺されたとも言われる）詩人尹東柱（ユンドンジュ）が、絶命する寸前に上げた叫び、臨終に立ち会った看守にも意味が分からなかったという悲痛な叫びである。茨木は夫の死後、友人だった韓国の女性詩人から「痛覚」を受けたこともきっかけとなり、韓国語を学び始めるが、やがて尹を知りその詩を原語で読み、尹の親族とも交流するようになる。その過程で尹の叫びはいつしか詩人にやって来たのである。やがて詩人は尹東柱についてのエッセイを書くが、それが国語教科書に掲載され、韓国で最も愛される詩人である尹の詩と生涯が、初めて日本で広く知られるようになる。その結果、戦前の日本国家に殺された詩人の抒情的な詩が、戦後の日本に生きる多くの人々の魂を揺さぶり始めることになる。尹の詩との出会いをきっかけに、政治よりも深い次元で自国の戦争責任に向き合い始めた人々は、もちろんまだ数は少ないが確かに存在する。波動は静かに伝わりつつある。尹の存在と詩を社会に知らしめた茨木の功績は、大きい。

それはまた、このようにも言えるのではないか。詩の本当の「美しさ」を知る詩人だけが、朝鮮語が禁じられた時代の闇の中で、母国語で詩を書くことを諦めなかった詩人の、「死ぬ日まで天を仰」いだ意志、詩と人間と生きることの光を信じ続けた魂の「美しさ」を受け止め、伝えることが出来たのだ、と（注：尹の詩「序詞」はp.71参照）。

「あたうかぎり、自分の生きる時代と深くかかわってゆきたい。それも言葉で言うほど簡単ではないに違いない。時代の心臓は深くかくされている。」(17)

これは一九六〇年の安保闘争に参加した経験を振り返りながら　その翌年に書かれたエッセイの一節だが、この言葉は今も、そして今だからこそ「美しく」ここに立つ。

昨秋ある雨の降りしきる夜、私もかつて詩人が立った場所に立った。冷酷なＬＥＤが神殿のように照らし出す議事堂と、立ち塞がる警官と警察車両の青い壁がもたらす不安と絶望、スピーカーから聞こえる機械的なシュプレヒコールの言辞とリズムへの違和感、そして周囲の誰とも会話はなく、言葉が通じないようにも思えた、何万人もいながら感じた奇妙な孤独感。あの時空は、五十六年前の時空とどこかで繋がっていたのか。それともすでに違う国のように断絶してしまっていたのか。暗がりで顔の見えない人々の一人一人の表情にあったのは、本当に「怒り」だったのか。安保法案可決の瞬間、ＬＥＤの酷薄な光が未来からの暴風となり、私たちをよるべなく過去へ吹き飛ばしてしまわなかったか。

だが今、時に襲われる「虚しさ」に負けることは出来ない。それこそは、新しい戦争が釣り出そうとするこの国の本質である「寂しさ」なのだから。

詩人の言葉と生、つまり魂の「美しさ」を、今この時になお「美しさ」として身の内に感じ取ることが出来るということ。そして詩人の「美しさ」を、この現在に固有の「美しさ」として、自分もまた引き継ごうとすること。それはたとえ最後の、であるとしても、たしかに唯一で最大の希望だろう。たとえ「虚しさ」と「寂しさ」がつのっても、ここから「組織化」していけばいい。「どこかに美しい人と人との力はないか」――この暗い夜空に響きやまない、無数の星々の声に耳を澄ませながら。

(1)(2)(3)(4)(5)(11)(12)(13)(14)『言の葉さやげ』（花神社）
(6)(7)(8)(9)(10)『詩のこころを読む』（岩波書店）
(15)『鎮魂歌』（童話屋）
(16)『茨木のり子集　言の葉2』（筑摩書房）
(17)後藤正治『清冽　詩人茨木のり子の肖像』（中央公論新社）
※ここでは「大文字の他者」を「現実を象徴化する力を持つもの」という意味で使う。

3　渚に立つ詩人――清田政信小論

「海へゆこう　さんご礁の割れ目に燃える／魚の　ひたすらな意志にほほえみ／藻草ゆらめく領土へゆこう。／つむの形にほぐれながら　海をだくために。」

（「ほぐれる海」）

私が初めて読んだ清田政信の詩は数年前、これから辺野古へ行くとおぼしき人がツイッターで引用したこの詩だった。未知の詩人だったがとても惹かれた。私自身もちょうど沖縄へ行き辺野古も訪れてみたいと思っていた頃だったからか。すでに二度ほど行っていたがいまだどこか遠い気がしていた沖縄。だがこの柔らかな詩の一節からコバルトブルーの海がふいに近づいて来た。遥かから呼びかける不思議な詩の声を聞いた。

沖縄へ行ったのはそれから間もなくだ。辺野古を訪れる前日、那覇市立中央図書館に行き詩歌の棚の前に立った。そこに清田の著作が並ぶコーナーがあった。数冊の詩集にざっと目を通した。思考の枝に繊細にまつわる美しい気泡のような言葉たちにたちまち魅了された。読みふけるうちにふと潮の匂いを嗅いだ。館内で静かに読書する人々がどこか魚のようにも見えた。もちろん錯覚だが、清田の言葉は読む私の感覚をいつしか変えていた。詩の水底で燃えつきたいという一人の詩人の純粋な思いに、私も小石が波に洗われるように詩の原点に立ち戻っていたのか。

「戦後沖縄文学のレジェンド」とも言われる清田は、一九三七年に久米島で生まれた。五〇年代半ば、琉球大学在学中から詩を書き始め、八〇年代初めまで沖縄の詩人の中で最も精力的に詩と評論を発表し、八冊の詩集と三冊の批評集を出した。だが八〇年代後半病を得て書くことをやめ今も療養を続ける。その後沖縄でも知る人は次第に少なくなった。

だが昨年八月、三十四年ぶりの著書『渚に立つ――沖縄・私領域からの衝迫』（共和国）が出た。一九八〇年前後に書かれた世礼国男、伊波普猷、折口信夫、柳田国男などをめぐる論を中心に編まれた詩も交えた評論集だが、沖縄思想を論じつつ沖縄の土着文化と、本土の先鋭的な現代詩に共鳴する自己との葛藤を詩的で精緻な言葉で考察する。この「復活」には若い世代の読者が増え始めたという背景がある。沖縄では「清田政信研究会」も立ち上がったという。

『渚に立つ』では各思想家に重ね合わせて清田自身の沖縄への複雑な思いが、情念のうねりと繊細な言葉のねじれと共に魅惑的に語られる。清田にとって評論も含めた文学とはあくまで「自己の内部世界とかかわらせ、その行為を通じて自己の内界の深淵をのぞく」(1)ものだったが、その信念のつよさが文体と文脈に生き物のような複雑で生命力ある動きをもたらしている。

『渚に立つ』からは清田政信という詩人の詩性が、風土と時代に対し天性の感受性を全開にして向き合う中からかたちづくられていったことが窺える。詩人の原点は表題通り故郷久米島の「渚」である。同島は今では本島から簡単に飛行機で行けるが、清田が生まれ育った戦前は交通の便の悪い離島だった。そこで少年清田は「渚」に立ち彼方を憧憬し続けた。だが鋭い感受性にとって海と空の彼方はどこまでも空虚を深めるだけだった。少年は海と背後の村とのはざまに立ち尽くし、自分はどこにも行けないのだと悟る。寄せては返す波を見つめながら、内面の深みへ降り続けるしかない詩人の宿命を自覚していく。自分自身の言葉を持つ者を排除する島の共同体意識と、自身の孤独のあいだにやがて詩という「渚」が拡がりだす。

みずからの詩の始まりを語る言葉——。

「島に在って青年たちは牧歌的な生活をしているのではない。彼らは寂寥が戦慄をともなった苦しみとして自覚されるか否かにかかわらず、空と海の彼方までなにもない世界に打ちのめされて島に在る自らの生を沈黙と深く関わらせるのだ。太陽は青年たちを殴りつけるが如く熱を放ち、海は団欒に沈む心にそむくように表情をかえる。」(11)

「村人の優しさを充分わかっていながら、いやそれ故に、自分はあんたらとはちがう、という思いをすてきれない少年の体験、云うなれば、そこで異和の感情をもちつつ、しかもそれを自らのうしろめたさとして埋めてゆく習性は、村の少年にはありふれた心域かもしれない。ときに血縁であり、顔見知りの農夫であるだろう。少年はその異和の理由がわからずに、しかもそれが相当重大な問題であることを鋭く受感しているはずだ。そのとき人は言葉を浪費のはてに沈黙するのではなく、異化の棘を飲むようにして言葉を殺しうずくまっているのだ。／わが青春はこれらの殺された言葉を蘇生させ、異化を正当な理由として開示すること

が詩作のはじまりだった。」(2)

このように少年清田は、共同体に「殺された言葉を蘇生させ、異化を正当な理由として開示する」ため、詩を書き始めたという。清田の詩は出発点から「異化の棘」に傷つけられたものなのだ。その「反共同体的」な詩は確かに難解に映る。だがそれは難解のための難解ではない。沖縄の詩に自然の美しさだけを求めたり、土俗的政治的文脈でしか捉えないような本土のまなざしでは、捉えきれないものにみちているからだ。その詩のイメージやメタファーに映し出されているのは、内面の海と空であり、そして際どいヴィジョンの光とそれが照らす魂の闇の輝きである。

清田はやがて本島の琉球大学に入学し、政治の季節に巻き込まれていく。その渦中で現代詩を知り、イデオロギーや政治状況に直面して悩みながら、個の言葉と思考を研ぎ澄ませていく。国家や組織という「共同体」に対峙して書いたからこそ、時代の中で自分が立つべき「渚」を模索することが出来た清田は、やがて訪れる政治的敗北感の中でも「渚の詩的思考」とでもいうべきものを、たった一人で切り開いていく。

清田は個の思想を追求しながら、政治と内面深くで関わろうとする詩人である。アメリカ→日本本土→沖縄本島→久米島の村→久米島の「渚」、という幾重にものしかかる支配構造を「渚」から貫き返す方途を、詩という非力なものにもとめた。清田にとって詩とは、政治的な連帯が不可能な時代において、個を掘り下げることで魂の連帯を可能にするものだった。基地の固定化への反対闘争と安保闘争の敗北感は青年期の清田をむしばんだが、そうした政治的現実に対し、同じく政治的言説で切り返しても何も「革える」ことは出来ないと清田は悟った。我々は共同体の秩序の感性によって分断されている。ならば詩によって人々の無意識を揺さぶって結びつけていこう――。清田の詩と詩論は、言わば未知のコンミューンへの意志をはらむ新たなシュルレアリスムだったと言えよう。困難な道ではあってもそれは詩人だけに可能な変革の道であることを、清田は詩や詩論をとおして指し示し続けた。

清田が詩を書き始めた一九五〇年代、朝鮮特需にわく本土は、もはや戦後という意識は薄れ高度成長期へ向かい始めていた。だが沖縄には本土と同じ戦後は依然としてやって来ないどころか、さらに遠のいていた。その重い「空虚」を受け止めながら清田は書いていく。六〇年代に第一詩集を刊行し、七〇年代半ばから八〇年代にかけ、詩と評論をアクチュアルに相聞させて精力的に執筆する。詩と美術と沖縄の状況を交錯させる斬新な美術批評も発表した。だがどんなジャンルの批評であっても全て詩とは何か、詩人とは誰か、さらにそれを問う自分自身とは何者かという問いを踏まえ、沖縄の「空虚」を見据えつつ書いている。無償な真率さがみちる言葉と、思考から思考が官能的に生まれる筆致で。

詩とは何か。その問いは、少年清田が故郷の「渚」に立った出発点から始まっていた。この詩人において詩と自己は全く同じものだった。成長しどこへ行ってもつねに内部の「渚」に立っていた。寄せては返すさざ波のような繊細な思考と言葉が、間断なく問いを深めた。例えば次の一節は、詩と詩人の本質を鋭くついたものだ。

「詩は言葉であることにおいて、すでに世界であることをこばみ得ないし、思想であることを否定できない。しかし詩が世界にとって換ることはできないし、思想にとって換ることは卑劣ですらあるのだ。詩は実在と人間の会話になることはできないかも知れないが虚の中に世界を実現しようとする意志であり得る。そして詩人とは生活の空白の中に〈物〉を顕現させる反逆の、秩序の外の人間なのだ。」(1)

詩は「虚の中に世界を実現しようとする意志」であり、詩人とは「生活の空白の中に〈物〉を顕現させる反逆の、秩序の外の人間」である――こうした定義は、ランボーの「見者」や「私は一個の他者」を想起させる。清田はかの反逆の詩人と同様「反共同体」の意志を貫き、個の深さと豊かさを求め続ける永遠の若さを体現した詩人なのだ。

清田の言葉に私も思う。詩は「共同体」の生活の秩序にぞくする物語や風俗におもねってはならない。むしろ秩序を一瞬で無意味にしてしまうほどの「物」の輝きであるべきだ。時代の「空虚」の中に未知の世界を生む「物」の意志としてそれはある――。今や現代詩は「共同体」の秩序を疑い「渚」に降り立つ勇気を手放してしまったかも知れない。それでもなお詩の「反共同体的」な可能性へのひとすじの希望を、清田の詩と詩論から学びうるはずだ。

五〇年代、米軍による「銃剣とブルドーザー」にたいし島ぐるみ闘争が起こる。清田の先行世代の詩人たちは政治的な立場を鮮明にして書いた。一九五六年に琉球大学に入学した清田には、かれらは現実の怒濤を正面切って受けて立つ存在に思えた。「政治現実と相渉る強靭だが美しい生命力に共感し、皮肉な言い方ではなく、当時のような状況にあった彼等にうらやましい気持さえ湧く。政治と文学がはじき合える地点、実践活動と文学が連続し得た地点。それは政治の力がリアリティをもって皮膚に打ち返す、悲痛だが、文学の泡立つ海である。」[1]一方清田たちの世代、つまり六〇年安保世代は、闘争の敗北によって連帯の不可能性を突きつけられ、もはや一人一人がそれぞれの内面の「渚」に立つしかないと思い知らされる。「少数の例外を除き、六〇年代の詩人たちが苦渋の色をにじませているのは、現実の圧倒的な力の前で論理が存在をつきぬけてゆく力を失ったことに起因するのではないだろうか。」[1]だが挫折感や拒絶という「情念」を深めることで、清田は新たな「渚」に立とうとした。「私たちが文学するということは、この体験の挫折感を基点として、拒絶の思考を持続し、自らの生の跡を刻むことによって、実体すらつかめない未来への架橋の試みを試みつづける以外にない。」[3]このような思いが第一詩集『遠い朝・眼の歩み』（詩学社）のモチーフである。集中の長編詩「ザリ蟹といわれる男の詩篇」は六〇年代の代表作だが、そこでは時代の闇の中で闇より黒い思いを抱える「同志」たちへ内面的連帯を呼びかける。この詩はさらに第一次琉大事件（後述）や六〇年安保闘争における体験を基に、アジアの各植民地の独立運動などの激動に共振した詩でもある。現実において自由への希求が次々挫折するにつれ、内面の自由を追求する「情念」は濃度を増し、「黒いザリ蟹」という美しい「ヴィジョン」を獲得したのだ。この詩で一九六〇年という時代は廃墟となり漆黒の宇宙にさらされていく。

「一九六〇年の仄暗いキャバレーの／カウンターで　静かに空を割る手に／脱落オルグの衝迫しない習性／横にしか移動しない夥しい苛立ちの形をみても／珊瑚樹が　ピリピリ痛みをおしのべる闇に／美しい　悪の眼球しばたたく　黒いザリ蟹よ／ひとたちのなかで　渇えを癒せず／虚空に夥しい食指をのばし　不毛の海綿をほおばる」（第二節）

「ザリ蟹」のヴィジョンは、第二次琉大事件について述べた次の箇所と関連する。

「私たちを不毛な地へのみこんでゆくマイナスの渦は生活の周囲にうずまいている。／大学当局は、真綿で首をしめるように、謹慎処分をいい渡した。足指をそっくり折り取られたカニが甲羅だけ、八月の砂浜に投げ出されたような僕ら。よし甲羅でも、まだできることはある。甲羅の中で、すさまじいヴィジョンをみることはできるはずだ……」(3)

第二次琉大事件とは一九五六年、米軍用地料一括払いに反対するデモで学生が反米的な言葉を叫んだことなどを理由に、清田も所属する「琉大文学」の部員を含めた七人の学生が処分された事件である。「私たち」という表現から清田自身もデモに参加したと推測される。だがデモは機動隊に阻まれ、横ばいしか出来ない蟹のように前進出来なかった。大学当局から学生たちは退学や謹慎を言い渡され、結局は「足指をそっくり折り取られたカニ」になった。ではこの自由を奪われた「カニ」に対し「ザリ蟹」とは何か。それはここに述べる「甲羅の中」で夢見られる「すさまじいヴィジョン」なのか。だが「ザリ蟹の男」もまた「横ずさり」しか出来ない。どこか物質的で邪悪な美しさを持つこの「ザリ蟹の男」には、アメリカザリガニのイメージ、つまり米国統治下に生きる心の鬱屈も投影されているようにも思える。

清田の詩に存在する、沖縄の現実の不条理に拮抗するための「ヴィジョン」。それらは成功したものばかりではなくとも、そこから清田固有のシュルレアリスムが展開していく。清田のシュルレアリスムとは、エリュアールなど仏シュルレアリスムに影響を受けつつも、自分の心を沖縄の現実と「同じ次元まで破壊して均衡をたもつ」[(3)]ために無意識から現れたものでもある。そのような閃くヴィジョンで他者の無意識を触発しようと、状況と個のはざまの「渚」に立ちつつ、詩人は「詩の懸崖」から彼方へ賭け続ける。

「詩に新しいイメージの創造がないかぎり散文に匹敵出来ない。なぜなら、詩の一番の強みは一個の主体が、現実とかかわることによって（広い意味の実践といってもよい）下意識を論理化し、論理化された下意識（意識）が、新たに現実とかかわる、という往復運動のベルトに散る火花でありその輝きによって読者の内部の闇室が照らし出されるからだ。」[(3)]

「私は誤りの多かった、過去の体験をなぞりながら、それが、未来へつなげる（ママ）もののならば、満身に感じた挫折を軸にして、自らの思想の震源地を探り、原イメージを捉えることによって、現実の政治にかきけされることのないような、まん、自分の内部でいつも自分を裏切り、自分をおい込む不合理な欲望のどろどろのなかから、かつてない、美しいヴィジョンを、ぼくの詩の懸崖にかけることだと思う。」(3)

これらの言葉は、アウシュヴィッツ以降たった一人の「きみ」への「投壜通信」(「ハンザ自由都市ブレーメン文学賞受賞の際の挨拶」)としてシュルレアリスムの詩を書いたパウル・ツェランを想起させる。「(原)イメージ」「ヴィジョン」によって意識と無意識をつなげ、個を個に立ち返らせて連帯させるという、詩というものの根源的な夢に、清田は賭けた。

第二詩集『光と風の対話』は、柔らかな言葉遣いやひらがなも多く読みやすい。「渚」に俯いていた詩人は空に眼差しを向け、光と風の対話のような透明な連帯へ誘う。その声は彼方の空虚へ、そして今という空虚にいる私たちへ放たれていく。

「光はいつでも北に湧いた／内陸に冬は起ろうとして終息し／娘らは磯くさい対話へ／するどく細り　廃れた山脈をめぐる／愛はいたずらに乾く／身のふり方を案じてつぶやくひとは／みなみへ去るがいい／ひらいても吐いてしまう／きみのほころびは火の波にまぶされ／壊れるもののない村は／砂を頬張り裂けている」

(「辺境」冒頭部分)

「光はいつでも北に湧いた」という一行は、読むたびに不思議な光を私に放つ。初めて目にした時、どこかツェランの「未来の北方の川の中で、私は網を打つ」(詩集『息の転回』)という、やはり謎めいた詩句を思い出した。なぜ光は「南」でなく「北」に湧くのか。これまでの文脈に従えば、「北」とは「渚」に立つ詩人の思考に詩が閃く孤独の真空であり、「南」とは「共同体」の言語秩序が支配する反詩的な生活世界だと言えよう。ツェランと清田は共に、アウシュヴィッツや沖縄戦も含めたあらゆる災いをもたらしたものが根本的には「南」、つまり国家からミニマルな村にまで至る「共同体」の排除の構造にある、という認識に立つ詩人なのだ。「南」を背にたった一人「渚」に立ち、「北」に湧く光（ツェランであれば「泊る光」）によって、自らの無意識から詩を結晶化させたのである。

人が個を手放し、政治が仕掛ける復古的な「共同体」が再び力を増す現在、「渚」に立ち続けた清田政信の反共同体的な言葉は、するどく美しい。その輝きに私は心の「渚」も照らし出されてくるようだ。それはひそやかな「革命」の始まりかも知れない。清田の詩的思考は、どんな権力も奪うことの出来ない内面の深みにある「渚」から、現実とたたかう方途と方位を指し示し、共にたたかおうと遥かから呼びかけている。

「すぐれた作品は、深い関わりを要請するはずだし、又人は、深みへ引き入れられる感動をして自己にめざめるのだ。」(3)この一節は、私にとっては清田自身の作品にこそ当てはまる。紙幅は尽きたが、入手しがたくなった詩集もやがて復刊され、今を生きる多くの人に渚に立つ詩人の声を聴いて欲しいと願いながら、この稿を閉じたいと思う。

(1)『情念の力学』（新星図書出版）、(2)『渚に立つ』、(3)『流離と不可能性』（[illegible]想編集部）

4　夢の死を燃やす——「黒田喜夫と南島」序論

黒田喜夫の言葉は、時間の下方に根をはり、空間の南と北へ蔓を伸ばすといった印象がある。国民や市民といった属性におとしめられた人間の、じつは何にも属しえない存在全体をつかもうとする流動的な力を隅々にまでおびながら、今もたしかに生きていると実感する。その言葉の触手は今を生きる者になにかを伝播しようとしてうごめいている。結論や観念ではない。永遠につかみえない人という存在の全体をつかみ取りたい、という誰しもの心の底にある非望の、声なき声が伝わってくるのだ。そのはげしい「無声」を聞き届ける者はかつても多くはなかった。ましてや詩人の死後、現代詩の世界はその存在の全てを忘れることを選んできた。だが未来の見えない闇の深まりの中でその気配に気づいてふりむく者が現れ始めているのではないか。一人また一人、遥かなかがやく声の方へ踵を返していく影。私自身もかつてふりむきかけながら、未来の「有声」に促され前方へ歩き出してしまった一人である。だがそれから四半世紀後たまたま詩人の故郷に立ち寄り、そこで詩集を再読したことがきっかけで後方で今も燃え続ける声に呼ばれ始めた。そしてこの詩人にあらためて魅せられた。今度こそは「無声」を「無声」の深さで聞き届けたいと思う。

だが黒田の「無声」は今という時代にあっては、偶然にそちらを振り向く僥倖に恵まれないかぎり、聞き届けることは難しいように思う。その困難の理由は、著作のどこを引いてもいいが例えば共同体について書き記す次の箇所からも分かるだろう。

「（略）ところで、そのほかならぬ『日本の村』のもつ性とは、弧状列島での初原的な（農耕）共同体をなした共有・共生――〈統合呪力・デスポット――共産体〉の自然に対した内実は遠く解体しているにもかかわらず、そこでの共同観念・感性化された共同体観念によって共生と拘束が〈統合呪力・デスポット――共同体〉の成立ちとして存続され、それがいわば仮構の共生体の内的調和拘束のままに、そこでの『近代』の構造の内まで入ったところのものだといえようが、（略）」（『一人の彼方へ』国文社、以下引用は全て同書より。引用内傍点は全てママ。）

やや難解なこの箇所を黒田の文脈で敷衍すればこうなるだろう。日本の社会は近代より遥か以前の大和王朝の時代から現在まで、日本という観念に統べられる「村」のままであり、明治以降も「近代」という装いのもとで、「仮構の共生体の内的調和拘束」は自然から離れ、構造化されて不可視のものとなりむしろ強化されている――。一方黒田の「無声」は、国家と社会といった「仮構の共生体」もしくは「村」の外部にうちすてられた「町」からやって来る。だから共同体に親和する者には不可聴域であり、聞こえるはずもない（『情況へ』の吉本隆明には「倒錯の倫理と理念」としか聞こえなかったように）。共同体とそこに属する自己に親和する者は、共同体の観念に統べられない意識の外部にどこまでも暗く寂しく拡がる深い豊かさから成るちの声がひそむ言わば集合的無意識でもある。「野」とは、これまで被征服者として「亡滅」した民たちの声がひそむ言わば集合的無意識でもある。征服者が共同体を仮構したのと同時に夷狄の地、異境が作られたように、私たちの心という空間にも、共同体の言葉によって意識が生み出されるのと同時に、排除されて生まれた無意識＝「野」が深く拡がっている。黒田喜夫はその「野」に耳をすませ、そこから聞こえる「無声」が伝えるものを陰画のヴィジョンとして描きだそうとした詩人である。人の内面を異境化し、人の主体を共同体の外の異族へ化さしめる密かな革命の行為として、詩を書いたのだ。

しかし今詩は、黒田の「無声」の「野」から遥かに遠ざかっている。仮構である共同体を相対化し、その仮構のすがたを言葉の陰画へ捉えようとする現代詩の尊厳は消えている。共同体と自己に向き合うための歴史や思想への志向を失い、それらは絶対化あるいは自然化されている。言葉は共同体の内部に自足している。あるいは「野」を振り返ることを見失った詩は、すでに共同体そのものだろう。やがて詩は詩自身によって滅ぼされるのかも知れない。現代詩が形骸化していくことはおそろしい。

今や詩の書き手たちもまた、国民や市民という属性を疑うことのない、あるいはそうした属性に守られる「私」という「自己親和」意識がなければ生きていけない、あるいはそれさえあれば生きていけると思い込んでいるようだ。そのような事態は、現代詩がいつしか前衛性を手放し、口語短歌あるいは「自己親和」を旨とするこの国の短歌的抒情につきしたがって見えていることと、深く関係するだろう。

だがそうした「自己親和」への親和的思いは、この社会を生きる大多数の者がハリネズミのように固執する信仰のようなものでもある。あるいはこの社会は、そのような信仰によって成り立っているとも言えよう。今詩において「自己親和」をあえて疑おうとする者は殆ど見当たらないのだが、一方国家権力への抵抗運動においても、この国がこの国であり、社会が社会であり、それゆえ自分が自分であるという「自己親和」への疑いは見受けられないのではないか。人々は共同体と自己に信頼を置く自分こそが、共同体を守る、あるいは変革する主体になりうると信じている。今右であれ左であれ変革の主体は全て共同体の内部にいて、「自己親和」の思いの「自然」なつよさからこそ、変革の力を汲もうとしているようなのだ。

3・11後原発問題を機に、この国を変えようという機運がもりあがりを垣間見せたことは記憶にあたらしい。国会前には多くの市井の人々が集まったし、それは今も続いていないわけではない。だがその運動は市井の人々の生活から生まれた「自然な」感情によるものだったにもかかわらず、いや皮肉なことにむしろそうであったがゆえに、いくら一人一人が「数」になろうと少なからぬ犠牲を払っても、それがさらに権力や資本を圧倒する「質」へ転化することは難しかったし、今もなお難しいままだ。何が足りないのだろうと、私自身緊迫した国会前で「数」の一人となり怒りの声に唱和しつつ、内心思わざるをえなかったことを思い出す。その時以来どこかでずっとその違和感について考え続けてきたように思う。今黒田喜夫を読み返しながら当時を振り返ると、「私たち」の弱さがはっきりと見えてくる気がする。星のように点滅するペンライトの光と共に、砂のような無数の群衆が載せられていたのは、「共同体」の見えない手のひらだったのではないか。（恐らく私以外にも違和感を覚えた人々もどこかにいたはずの）方々のマイクから放たれるシュプレヒコールに皆が合わせる唱和のリズムは、じつは共同体が共同体自身を励ます律動ではなかったか。

以上に述べたような理由で、今私は現代詩にたいし肯定的な思いを抱けないでいるのだが、だからといって今自分や他人が詩を書く行為の全てを否定するわけではない。黒田喜夫のキーワードである「陰画」や「逆倒」という言葉は、無意識の暗がりの側から他者を見るという逆転の発想を私にもたらしてくれるが、それらのキーワードの力を借りれば、今詩を書く行為が共同体に選ばれたり同調したりするためであるように見えても、無意識に何を望んでいるのか、書き手本人にも分からないということにもなるのではないか。親和を決め込んでいる詩にも、本当に反共同体的ですらある未知の共同性への「架け」は秘められていないのか、という問いを捨ててはいけないのだろう。書き手の詩がおのずと散文化をこうむり、書く行為が共同体に簒奪されていくとしても、目の前の詩と全く「逆倒」した、「無声」の「夷語」の詩が書き手の目の裏の「野」で書かれているかも知れないのだから。私の方こそが、それを聞き届ける「夷の耳」を持たなければならないのではないか――。いずれにせよ黒田が八〇年代の消費社会を支持した吉本隆明とたたかったように、詩が簒奪される状況には「夷」なる一人というスタンスであらがっていかなくてはならないだろう。

さて、与えられた「黒田喜夫と南島」というテーマでまず拠るべきテキストは一九七九年刊の『一人の彼方へ』（国文社）だろう。その第一部「一人の彼方へ」で黒田は、自身の出自である東北、つまり弧状列島の「北方」または「北辺」において「阿弖流為らの謀殺」以来抑え込まれたままの「衆夷」の「無声」を照らし出すために、列島の「南域」の「うたのすがた」へと向かう。「わが北辺の唄の無声へ向うために、なおも対する南の地の深みのうたのすがたの方へ――」（その試みは同時に、米国による「亡滅」と深く関係する現代詩の「無声」というすがたをも、じつは炙り出すのだが）。

詩人の故郷である北辺のうたは、征服者の大和王権のうたである短歌によって滅ぼされた。いや正確には完全に滅ぼされることはなく、五七の音律の「棺」の中にその夷狄性と身体性を自ら仮死させて封じ込めてきた（その方がより残酷かも知れない）。第一部第二章「鎮らざる地の歌」は、「津軽産の才能人」寺山修司の短歌「鋸の熱き歯をもてわが挽きし夜のひまわりついに　首無し」〔ママ〕と「狐憑きし老婦去りたるあとの田に花嚙みきられたる　カンナ立つ」の二首をめぐり、寺山のうたのあり方に表れている北辺のうたの「二重性」を剔抉する。

黒田が寺山のうたについて論じるものはまず、才能人であるがゆえにうたに実現してしまった北辺のうたの負の側面としての「供犠性」についてである。大和王権によって征服されて以来、北辺または北方は、日本の共同体にたいし「土俗的」なすがたを供犠することで、「調和」の姿勢を示してきた。「土俗性」とは、「野生性」あるいは「自生性」を封印した「夷狄性」の商品的なすがたである。二首のうち「鋸の」のうたで、そうした「土俗性」を寺山が巧みに売っていることを黒田は見抜く。

「もしも、一人である『私』が、『私』へと押しつめる異風の、反調和の念の、逃れられない存在化、官能化といえる行為――例えば、地に立つひまわりの茎を鋸で挽き切るというような狂的な行為を瞬時でも生きてしまったなら、生きた『私』は〈ついに首無し〉〔ママ〕とかたち決まる響和の領域へは決してとどまることができず、必ずいま終ることのない世界へと向う自由、慰められることない許されることない自由を負って、一人である彼方という終りえない時空の縦深へと旅立ち、反復しなければならない筈である。〈われ〉と情動の、在る者と叙心の、『歌』と了解しうる諧程は解体し、いま見えない全体へと行為者は終ることなく旅立たなければならない筈である。だがここでは、呪法は歌形の領域へと了解され、行為者は歌なる納得された調律の内縁へと救われた。この作者は、熱い鋸の歯でひまわりの首を挽き切るという行為を歌に捧げてはいるが、そういう行為がほかならぬ自分にあることを信じてはいないし、ましてそれを生きてはいないだろう。」

ここで指摘されているのは、寺山の歌の「演技性」あるいは「劇場性」とでもいうべきものでもある。「地に立つひまわりの茎を鋸で挽き切るというような狂的な行為」を作者寺山自身は「生きて」おらず、むしろそれは作中人物の狂的な演技にすぎないのだ。それは「〈ついに首無し〉とかたち決まる響和の領域」、つまり大和王権以来の日本の短歌の調律へ、「土俗」というすがたで供犠されてしまう。一拍の無音を置いて結ばれる「首無し」によって、歌は首のないひまわりという「珍奇な愛でられるもの」として捧げられたのだ。

それに対し黒田にとって歌あるいは詩とは、「響和」も「土俗」も拒み、「必ずいま終ることのない世界へと向う自由、慰められることない許されることない自由を負って、一人である彼方という終りえない時空の縦深へと旅立ち、反復しなければならない」ものなのだ。黒田の言う「一人である彼方」とは、大和王権以来の共同体があらゆる「夷狄」に要請する「響和」の引力から身をもぎ離し、「一人」という「夷狄」の実存のうたをきわめるために時空を遡ることでやがてみえてくる非在の場、「亡滅」した者たちの無声が集まるまったき反共同体あるいは反引力としての、うたの根源であると解釈して、ほぼ間違いはない。しかしそこへ向かうことは、なぜ「慰められることない許されることない自由」であって喜びに満ちた解放ではないのか。それは、一切の夷狄を許さず追い続ける共同体の圧倒的な引力と、それとはりあわせである響和の美しい音律の魅力から逃れ去ることは余りにも難しいからだ。だから共同体から逃れようとする者は、「一人である彼方という終りえない時空の縦深」への「旅立ち」を永遠に「反復しなければならない」のだ（ちなみに日本の詩歌の宿命を見事に表すこの「慰められることない許されることない自由」という表現は、じつは私が最も胸に刻印された黒田の言葉の一つだ。共同体の外の野に晒されることは、まさに野晒しとしての自由であり、死を意味する。だが逆説的にもこの「慰められることない許されることない自由」という言葉ほど、私の詩作を励ましてくれるものはないのだ）。

一方、もう一つの歌「狐憑きし」は「歌形の調律のなかにありながら、前出のひまわりの〈首無し〉のようには納得しきっていない」ことを黒田は看破する。〈カンナ〉は断ち切られるのではなく噛み切られてあり、狐憑き婦は見えない反復となって」田の上を「駆け続ける」。そして田は「去ったあととしての狐憑き婦という空間恐怖の傷とでもいえるものをひらいている」。つまり「狐憑きの老婦」自体は珍奇な土俗的存在ではあるが、この歌ではその不在が「空間恐怖の傷」をひらき、作者寺山が「現状の空無へと拡がる時空のずれにひきこまれ」ていると言う。つまりその「時空のずれ」から、「衆夷の世界としての山野の、化外の呪力」が現れているのだ。そして不可視の「山野」から、「統べられた世界の内的調和」の力によって死せるものとされた衆夷の実在のうたが、陰々と鎮まらないものとして、無声のまま振動する「存在のひびき」あるいは「地の陰声」として聴こえてくる。

私なりにここでの黒田の「歌論」を次のように解きほぐしてみたい。大和政権以降の短歌の調律によって滅ぼされた、「歌垣的共同体の民びとの他在——実在性・直接性」あるいは「そのひとびとの歌に向うやみがたさのいわば肉体・身体性」。それらは短歌によって滅ぼされた。それゆえに今それを聴き取ろうとするならば、歌の中に「倒立」して今もひそむそれらを、鋭敏に捉えなくてはならない。正確には血を流すようなその「倒立」の痛みを、感受しなくてはならない。つまりつねに今ここにある歌の陰画を聴き取ろうとすること、調和する歌に逆しまに映り込んだ反調和の実在の世界からの振動に共振しようとすること。それは、寺山と同じ夷狄の地に生まれた黒田の、自分自身という「一人の彼方」への旅、つまり共同体の歌を超えた「衆夷のうた」を探す旅を意味する。

「おお、斯くも眼前にして遠きにある都加留（つがる）——、だから、想われるのは自らと、地の異風と、彼方の未生のつながりかさなる現（うつつ）の縦深なのである。見えない詩であり、きわめられる『私』であり、しかも『私』に迫るもの、一人である彼方という構造といまをなす全体への旅についてである。」この箇所で黒田は、故郷の無限の「野」の異風に一人晒される自分自身のまぎれもなく詩的な（反詩的な）生涯そのものをも、鮮やかに言い表している。

『一人の彼方へ』での黒田の考察は、北辺のうたからやがて南島のうたへと向かう。「もしもわが夷語があるのなら！　と渇望しつつ、また、想う地の移りにねじれ見返されつつ、なお夢にしろ幻影にしろ、自らの身体性から開かれる『唄と郷』のありかを見たい」という、つまりは亡滅の衆夷のうた＝詩をつかみとりたいという根源的な渇望から、北辺の暗く寂しいうたを照らし出すために南島の自生と共生のうたを求めていく。北辺と南島のうたは、共におどけや諧謔を含む八音の反調和の夷狄のうたである。黒田は自らの故郷のうたを南のうたに照らし出されることで、その暗さや寂しさを逆倒させ、衆夷のうたの「もえあがるコンミューン」を見ようとしたのだ。

「それらの、南域の民びとのうたの自生する場からつながるものは、想うなら、日本・弧状列島の衆夷の感性の根所をなす一面の質そのものでありながら、しかも、そこの根幹に開花されることがなかったものなのである。そして、すると、この南辺の自発する律動の美しい具象をみるところから、そこからなお振り戻るなら、また、わが北辺の寂しさの根源、わが列島東北の父祖の地の唄の無声とは実は何なのかが、映しだされ、そこで自ら見えるものにはなるだろう。」

「そしてもちろん、照射されて浮きあがるのは、しかも地の絶えざる無声のうたなのであり、そこにいわば、『ヤマト歌』の統合のうえの高みを、地の南辺と北辺から衆夷のうたの現在にわたる生死の身体ではさみ、存在しているもののすがたが時に現れているわけだ。——その地のうえの鎮りえない断声・無声は『私』のものであり、その一人の彼方へ、想われるのは、『日本』自己同一的観念の統べられた擬調和の歌ではなく、われわれの、弧状列島の衆夷の感性の多様性ともえあがるそのコンミューンである。」

黒田はその詩的洞察と想像と直観において衆夷の、うたの、そして死者と生者のコンミューンを、目の裏の果てしない「野」の彼方からどこまでこちらへと燃え上がらせることができたのか。詩人の死から三十年の時が経ち、さらに3・11後共生の社会をもとめる感情が高まってはいつしかナショナリズムにすり替わってしまったような今、詩人が幻視したコンミューンの炎をそれぞれの埋み火からどのようにかきおこしていくのか——『一人の彼方へ』は、今詩に向き合う者たちへそう問うているアクチュアルな書物なのだ。

本稿は「黒田喜夫と南島」というテーマに挑むための序論としてひとまずここで終わりたい。やがて本論へと向かうためにしばらく「久米島産」の詩人清田政信が黒田に教えた「カナシャン」(愛おしい)という言葉を反芻しよう。「北をつらぬいて南に到り、南をつらぬいて北に到る村恋い」とも黒田が言い換えた言葉だ。「カナシャン」というその「切なくいとおしい」響きに耳を澄ませば、私の中の遥かな野から、共生と共有の夢が立ちあがってくる。この今に立ちこめる夢の焦げた匂いの奥から、夢の死の焦げる新鮮な匂いが立ち交じる。黒田と黒田と共に在った死者たちの聴いた「カナシャン」の響きに引かれていきたい。「私たち」の「村恋い」によって、夢ではなく夢の死を、北から南へはしる弧状列島のかたちに燃やしてみたい。

5　金時鐘に躓く――私たちの報復と解放のための序章

金時鐘（キムシジョン）の詩と詩人としての存在を、語り手自身が何者であるかに焦点を置いて語ることは、これまであまりなされてこなかった。だが自分が何者なのか、なぜ金時鐘に向き合うのかという問題意識からこの詩人について書くことは、日本で生き詩を書く者である私自身にとっても、未知の豊穣な世界を切り拓いてくれるはずだ。ただそれは難しいスタンスでもある。ここでは詩人と私との詩的関係性を軸に、過去から思いを手繰り寄せるように書いてみたい。詩人の半生や詩歴については取り立てて述べない。

たとえば私は戦後生まれの日本人であるが、金氏と同じく詩を志す者でもある。ここ何年かは少なくともそのような自己のあり方を、朝鮮と日本の間に生き、在日という実存を賭けて書き続けてきた詩人の営為を重要なヒントに、自分なりに考えようとしてきたと思う。詩人の言葉に問われ、問い返すことで自分の内部に拓かれるものを予感してきた。そのような詩を軸とする関係性から今後の私と、あわよくば日本の詩にとっても糧となるように語ることは出来るだろうか。もちろんその文脈は、関係性の基点である詩人の生への敬意とその詩への感銘に支えられなくてはならない。

金時鐘は在日として朝鮮を抱えるがゆえに、内面においても日本の共同体に属さない。だが朝鮮より深く、少年時代に植民地下朝鮮において巣食った日本を抱えるがゆえに、韓国や朝鮮の共同体にも属さない。その結果、日本に生き日本語で詩を書きながらも、日本の詩人の共同体には包摂されて来なかったし、一方私たち日本の詩人たちの側は、金時鐘の存在を少なくともうっすら排除するほどの、日本的共同体性のありさまをさらし続けて来たのである。

かく言う私もまた、二〇〇六年に『境界の詩』（藤原書店）をたまたま書店で手に取るまでは、このうっすらとした共同体性に根深く染まっていた。だが、その薄く執拗な膜の下でうごめく声にも形にもならない疑念や息苦しさの存在は幼い頃からどこかで自覚していた。今思えばだからこそ、同書において日本の空気に孤独にさらされる金時鐘の日本語の鮮烈さに、思わぬ亀裂を入れられたのだろう。

「打ってやる。／打ってやる。／日本というくにを／打ってやる。／おいてけぼりの／朝鮮もだ。／とどいてゆけと／打ってやる！」（「うた　またひとつ」）

これは一九五〇年代の猪飼野の、ヒール底に釘を打って飯に換える朝鮮人のやるせない思いを鮮やかに伝える詩の一節だが、初めて目にして私は瞠目した。朝鮮や朝鮮人について（ということはその対となる日本や日本人について）、意識的には殆ど知ろうとしなかったにもかかわらず、あるいはむしろそれゆえに、私はこの詩にまさに「打たれた」。詩人の存在全体、あるいは言葉全体が泣きじゃくるようにこちらに迫って来た。愛と抱き合わせの憎しみに朝鮮と日本の双方へ自らを引き裂くように放たれていた。この国の片隅にこのような詩が存在していたことにうろたえた。どう読んだらいいのだろう？　と思うまもなく、読む私自身がこの詩に読まれていた気がする。

　今でもこの詩は、朝鮮と日本を両極として私の中を電流のように走っていく。朝鮮という存在は、日本の空気にさらされれば国家や半島と切り離され孤立し、ただ「チョウセン」という差別する響きにすぎなくなるが、ここではむしろそうした響きを逆手に取り、詩人は日本で聞き届けられない在日の痛切な声を日本社会の真芯へ「とどかせよう」としている。

　当時の私は、この国では朝鮮という言葉に触れてはいけないのだ、と漠然と思っていた。遥か昔からの社会の掟のように。誰もいないところであっても「チョウセン」と口にするのはためらわれただろう。それほどのうっすらとした、だが執拗な共同体性の膜が、金時鐘の詩に触れ（触れられ）かすかに破れた。破れて初めて、自分を覆う膜があったことを身体で実感した。外から詩の「釘」が打たれなければ破れなかった膜。その内と外とでは、生と死のように世界が違う膜。

　早いもので私が金時鐘という「釘」に初めて打たれてから、十二年が経つ。その詩と詩人との出会いがきっかけで、「ヒール」ならぬ素足で「うっすらとした共同体性」の外へ踏み出し、在日社会の実像を見聞しつつあるところだ。時に鄭義信（チョンウィシン）の映画「焼肉ドラゴン」さながらの在日朝鮮人たちの喜怒哀楽を、あるいは時に深い沈黙と諦念を垣間見ることもある。そのたびに

「膜」は少しずつ裂かれていく。もちろんまだ私は「朝鮮と日本の間」などと言えるほどの明確な立ち位置を獲得してはいないし、日本人である自分がまとう日本の共同体性が、感動や共感だけで脱ぎ捨てられるような生やさしいものでないことも分かっている。私にとっていまだ詩とは書いても書いても、そこにわずかに生まれる反共同体性が、やがてまた結局はこの国を覆う共同体性に絡み取られてしまう、無力な「日本の詩」に過ぎないようだ。だがそのように詩を外から見つめることが出来るようになったのも、詩人との出会いをきっかけに「在日を生きる」多くの人々の生きざまとまなざしを知ったからである。

そのように金時鐘との出会いは、私に共同体の外部に立って内部を見つめる目を与えてくれた。私の中にも外にも厳然とある日本を、在日を生きる人々の言動は問い、照らし、可視化してくれている。たとえ死んだ後にも私が属し続ける、空気であり膜でもある日本。それは西欧からファンタジー化されることはあっても、「朝鮮」と向き合えばたちまちに物質化し、歴史的政治的存在としての陰翳をおびる。

サーベルの音や刃の煌めき、日の丸の血の赤、怒号や銃声、あらゆる暴力の記憶。あるいは金時鐘を含む皇国臣民世代の記憶の底にいまだ巣食う「頬(ほほ)もめげよとばかり声はりあげて」歌った唱歌や童謡の響きと、それらが伝える四季折々の匂い立つ情感。金時鐘は今もって「朧月夜」が醸す情感に「瞼がおぼろにもなる」そうだが（『朝鮮と日本に生きる』岩波書店）、植民地下朝鮮に自己形成した多くの人々の五感の深層には、そのように日本の暴力性と情感の双方がいまだ巣食っているのだろう。そして朝鮮民族の記憶に残る日本の物質的な残像は、現在の実像も重なりつつ世代を超えて継がれていく。日本と日本人が朝鮮と向き合う時に、それは否が応でもネガとして突きつけられてくるだろう。歴史という「大文字の他者」は命じるだろう。このネガからポジ（＝新しい日本と朝鮮との関係）をあなたの手で立ち上げなさい、と。

金時鐘の詩にもまた「物質的な」日本の暴力の影は暗く射し込む。だがそれ以上に「日本人に向けてしか／朝鮮でない」（「日日の深みで㈠」）「在日の朝鮮」の陰翳と生命力が存在する。その詩は戦後世代の私に植民地支配や差別への責任を直接には訴えない。「日本」はまず金時鐘の中にこそあるのだから。詩人は「しがらんだ日本語からの自分自身の解放のために」、「自分を作り上げた言葉を、意識の澱のような日本語を、詩のフィルターで漉す」ために、朝鮮の解放から今までの長い歳月をかけ詩を書き続けてきたのだから（『わが生と詩』岩波書店）。詩はまず詩人自身の蘇生のために書かれるのだ。植民地支配や侵略戦争に日本人を向かわせたのも、じつは日本の歌や詩にある情感と深い結びつきがあるのだが、だからこそ植民地下朝鮮で自己形成した詩人が意識的に情感的なものを日本語から取り除こうとして詩を書き続けることは、果てない自己解放のたたかいなのだ。

だが金時鐘という朝鮮の詩人の自己解放としての詩は、それを読む日本人の私にも自由への渇望を不思議に触発するのである。その「ごつごつしい日本語」（尹東柱詩集『空と風と星と詩』もず工房）をとおし、在日の実存をとおし、共同体の外に生きる者たちの生の気配が、共同体の内に生きる私の素肌に触れてくる。それらは私を未知の自由へと誘い、膜の裂け目を広げてくれる。私は小石の稜（かど）のような物質感ある日本語に躓き、思わず目を見開く。すると「在日の朝鮮」のヴィジョンが一瞬奇跡のように立ち現れる。私が金時鐘の日本語に惹かれながら躓き、目を見開いたそのこと自体が、次のような詩人の「報復」がはからずも成し遂げられた一つの瞬間なのかも知れない。

「訥々しい日本語にあくまでも徹し、練達な日本語に狎れ合わない自分であること。それが私の抱える私の日本語への、私の報復です。私は日本に報復を遂げたいといつも思っています。日本に狎れ合った自分への報復が、行き着くところ日本語の間口を多少とも広げ、日本語にない言語機能を私は持ち込めるかもしれません。その時、私の報復は成し遂げられると思っています。」（『わが生と詩』）

金時鐘の報復とは、今なお戦前と違わず何もかもを霧のように曖昧な情感に押し流してしまう日本の共同体性に、すぐれて現代的かつ物質的な日本語を差し入れることだ。共同体の外で絶対的な違和を手放さない他者の痛みある批評によって、日本という共同体を日本語の内部から破壊することだ。あるいはそれは、「観念的な思念の言語、他者とはあくまで兼ね合うことがない、至ってワタクシ的な自己の内部言語」（『背中の地図』河出書房新社）で満たされた日本の詩の共同体を志としての詩によって凍りつかせようという、日本の詩に対する内側の他者としての真摯な参与である。金時鐘はその自己解放においても、自己と日本への報復においても、私たちの自由を触発する。日本の詩人たちに、それぞれの解放を抑え込んで来た共同体性の自覚と、共同体性に対する詩人たち自身による報復をおのずと要請する。日本の詩の根本的な変貌に裏打ちされた自覚と報復を。

もはや膜は不可逆的に裂かれている。日本の共同体性は「ノアの洪水を思わせた東日本大震災」（『背中の地図』）によって、戦後の民主主義もまた虚構であったことを暴かれた。さらに東アジアの歴史的大変動が、死からの蘇生のような根源的変容を日本に迫る時も来るだろう。この国の詩人は、自己への報復と自己からの解放を同時にどう詩で実現出来るのか。その重要な手がかりとして金時鐘の生と詩がここにあるのだ。その「ごつごつしい日本語」の稜に躓き、他者のものでもあり自己のものでもある痛みを感じることから、詩は拓かれる。共同体性の膜は破れ、詩は歴史へと蘇生する。

※在日社会は正確には日本の共同体の「外部」ではなく「縁」に存在するが、ここでは共同体の内部と対比するため「外部」「外」と表現した。

6　黒曜石の言葉の切っ先——高良留美子『女性・戦争・アジア』から鼓舞されて

高良留美子は十二歳で敗戦を迎えた。思春期の入り口に立つ少女にその時訪れたのは、悲しみではない。少女は、またたくまに戦争を忘れた大人たちの姿を日の当たりにしたのである。そして絶望と怒りに目眩した。

「疎開先から東京に戻ってきたその年の秋、妙正寺川対岸の焼け跡から東京音頭の空しくも明るいメロディが響いてきたとき、わたしは絶望に近いものを感じした。／わたしは皆がもっと戦争に対して怒っていると思っていたのだ。一面の廃墟も、飢えも、戦地での残虐行為さえ、戦争が強いたものなのだ。しかし巷では『リンゴの気持はよくわかる』という歌が流行り、人びとは焼け跡に櫓を組んで盆踊りを始めていた。人びとは明るさに、娯楽に飢えていたのだった。」（『女性・戦争・アジア』土曜美術社出版販売、以下引用は全て同書より）

少女の怒りは戦争を起こした大人たちすべてに向けられた。当時の多くの鋭敏な少年少女たちが恐らくそうであったように。しかし少女はタゴールやガンジーと親交があり大きな影響を与えられた母高良とみさえをも、戦争協力の点で許すことは出来なかったという（母の戦争協力の過程の複雑さについて、後に詩人は理解することになるが）。

高良留美子は戦後の出発点でまずこのような「希望のなさ」を突きつけられたのだが、さらに二十代半ばにもう一つの衝撃的な体験をする。一九五六年参議院議員だったとみの秘書として同行し、「海路横浜からマルセーユまで行く途中、シンガポールで日本人だけ一夜上陸できず、船中に留め置かれるという経験」である。後年詩人はその時突きつけられたものを、自身の小説『海は問いかける』の一場面でこう書いた。

「透明な空気を透して、港に停泊している船の灯の向こうにひときわ明るい一群の灯が見えた。シンガポールの街の灯だ。それは有子の眼に、これまで寄港したどの港の灯よりも美しく、透明に、そして鉱石のように硬く映った。それは彼女を拒否した灯だった。日本人であるがゆえに彼女を拒んでいる街の灯なのだった。」

当時シンガポールは日本軍による虐殺事件をまだ忘れてはいなかった。美しい街の光は、自分たちの上陸を拒み植民地支配の責任を問うまなざしとして、若き詩人の魂に突き刺さったのである。その時詩人はまさに「見られる存在」だった。ただ日本人であるという「存在」の次元で、父祖の世代の戦争犯罪の責任を問われ、その免れがたさを痛切に感受した。

思春期に戦争をすぐに忘れた日本人の無責任さを、青春期に戦後十年以上経っても戦争責任を突きつける他者のまなざしを目の当たりにした体験が、高良留美子というこの国で希有な、戦争責任と植民地支配に向き合い続ける詩人を生み出した根源にある。戦争のさなかに集団疎開や勤労奉仕を体験し、空襲に遭遇した学童だった詩人に、戦争の責任は直接的にも間接的にもない。むしろ大人たちの身勝手さに巻き込まれた被害者である。だが思春期と青春期の体験は、魂を根源まで引き裂き、そこから詩人の「実存」が生まれたと言えよう（ここでは「実存」という言葉を、物や現実に向き合う中から生まれる感受性の主体、という意味で使いたい。そのような「実存」は、高良留美子が深く共感する黒田喜夫も共有するだろう）。

二つの実存的体験から六十年以上が経つ。詩人は一貫して戦争に向き合うのと同じ姿勢で詩に向き合い、詩に向き合うのと同じ姿勢で戦争に向き合ってきた。だがその反戦への揺るがぬ意志を支えるのは「希望」ではない。少女期に身で知ったこの国の「希望のなさ」である。本書で詩人は、「人間はいつの時代だって殺しあいをしてきたではないか」という「泥のようなニヒリズムを、わたしは忘れたくない」と書く。だがそれは「絶望」でもない。むしろそこから詩の力を汲んできたのである。「泥のようなニヒリズム」によって言葉は黒曜石の煌めきを与えられ、「他律的なゼロを自律的なものにしたかった」少女の意志はひとすじの光となり、戦争責任を不問にする戦後の闇を射し貫いていく。

「一九五六年のシンガポールでの経験以来、日本人のアジア経験・植民地経験の問題はわたし自身のテーマとなった」。そうした問題意識を出発点に持つ詩人が、同時代の詩誌の一大潮流「荒地」と「列島」に対し、前者に批判的に、後者に共感的に相対していくのは必然であるだろう。本書で高良留美子は、これまで「荒地」を中心に語られてきた「戦後詩史」のネガとしてのもう一つの詩史、つまり「列島」を中心とする詩の歴史を鮮やかに立ち上げる。

「戦争中の日本の詩は、超国家主義に鼓吹された空疎な神話的思考に侵されていました。それを克服するためにも、物や物質と向きあう必要がありました。小野十三郎という詩人は「山」という詩で、大日本帝国の象徴とされた〈霊峰〉富士を、〈含銅硫化鉄の大コニーデ〉と表現することによって、神話的思考に抵抗しました。広い意味でその影響を受けた詩人たちは、『列島』という詩誌のグループをつくりました。初期の反米ナショナリズムの傾向を経て、人間が物と等価にされる疎外状況から自らを解放するために、〈物〉や〈物質〉にこだわる詩を書きました。そこには労働者出身の詩人も多く、社会主義への関心をつよくもっていました。」

このように「列島」は戦争責任と向き合う詩を実験的に模索したと評価される。一方「『荒地』の戦争体験」には「近代に固有の他者としてのアジア」、つまり日本の戦争責任を引き受ける態度が「決定的に欠けていた」と批判される。高良留美子の「荒地」への批判は重要である。だが詩の言論界で四十年以上も表立って議論されなかったのはなぜだろう。批判をきっかけに、詩についての根源的な対話が生まれたかもしれないのに？　推測だが「荒地」と「列島」の間に結局実りある対話が生まれなかったのは、「荒地」の側が忌避したという要因が大きいのではないか。例えば「アジアの民衆への共感の弱さ」、「自由主義国家の理想化」、そして「社会主義陣営の全体主義への嫌悪」によって、やがて誤ったベトナム戦争観を持つに至った鮎川信夫。あるいは感性の若々しい解放を、戦争や植民地での経験の「白紙還元（タブラ・ラーサ）」の無傷性、無罪性に支えられた、同世代のシュルレアリスム詩人たち――。

「荒地」の詩人たちは、「あまりにも自分を意識としてとらえていて」、「自己を物質としてとらえる視点は自覚されていなかった」という指摘は鋭い。この「自己を物質としてとらえる視点」とは「列島」の視点だが、さらにそれは「パリ・コンミューンの戦後派ランボーの『わたしは一個の他者である』という自己把握を一歩すすめるものでもあった」と看破している。このランボーの「戦後」と「列島」の「戦後」を重ね合わせるという発想は、新鮮である。では「物質」と「責任」はどう関係するのか。詩人の文脈は様々に思考を触発するが、そこからこのように言えるのではないか。すぐれた詩とは、戦争と向きあうことで生まれる「実存」によって書かれるが、その「実存」とは詩人の意識に対し、無意識深くから倫理を突きつける「物質的自己」である。詩人自身の「実存」あるいは「物質的自己」は、六十年以上前シンガポールの街の光に刺し貫かれ、無意識から立ち現れてきた。それはまた「〈存在〉の責任」とも繋がっている。父祖が犯した過ちに対し、子孫には「自己の〈行為〉の責任」はなくとも「〈存在〉の責任」はある。その重みは戦後を生きる全ての者に今もずっしりとかけられている――。

高良留美子は、「〈存在〉の責任」の重みを感受することを回避しなかった。むしろそれを感受しようと欲し続けた。だからこそみずからの詩を「存在」の次元から切り拓くことが出来た。物質と関わり近代以前の闇から力を汲もうとする高良留美子の詩。それは、戦争責任と詩的感受性を「存在」の次元において切り結ぶことから生まれたと言えよう。

一方詩人が共鳴した「列島」にもまた「モダニスティックな限界があった」。「物質としての人間という考えを、自然と社会の両面から精密化することによって、詩や肉体を豊かにすることも、もっとなされていいことだった。」この一節は、今という時代が要請する詩の方向性をも示唆するだろう。「列島」が残した可能性は決して小さくないのだ。かれらが予感しながらも、言語化しえなかった新たな詩（ポエジー）があるのだ。それはまだどこかに存在し、今を生きる詩人に見出されるのを待っている。だから詩の不在を嘆くのではなく、その未踏の筋を見出し辿ってみるべきなのだ。戦争責任を「白紙還元」せずそれに向きあい、他者の光に刺し貫かれることで自己という「物質」を掘り下げ、根源にある実存の言葉を見出して生まれる詩が、待たれているのではないか。詩の歴史を辿り直せば、「存在」の次元で他者と対話し連帯し、「存在」の根もとから新たな社会を立ち上げる可能性さえも見えてくるのではないか——。『女性・戦争・アジア』を読みながら私は、自分が意識の上では限りなく「絶望」しているようでいて、その下深くでは思いがけないほど詩への「希望」を抱いていることに気づかされた。苦く、というより深く鼓舞されて。

今ふたたび戦争の暴力が解き放たれ、途方もない「希望のなさ」が世界を覆っている。だが詩を書く者は「存在」の次元から詩（ポエジー）を汲み、言語化し、あらがうことが出来るのだと高良留美子は教えてくれる。詩のあらがいの深さと魅惑、そして新たな連帯をもたらす詩的価値のありかを、黒曜石の言葉の切っ先で私たちに指し示している。

Ⅱ　エッセイ

1　花の姿に銀線のようなあらがいを想う——石原吉郎生誕百年

一枚の栞がある。七宝かさねという技法で、螺鈿めいた銀箔の縁取りがされたその中央に、今一艘の船の黒いシルエットが目的地に辿り着こうとしている。興安丸、と記されている。一九五三年、八年間の抑留の後、石原吉郎を祖国へ運んだ引き揚げ船だ。栞の縁取りの硬質ながらも壊れそうに危うく煌めく銀線と、船の黒いシルエット。二年前舞鶴の引揚記念館で買い求めた栞は、その時の記憶も重なり、繊細ながら閃く刃のような切っ先を持つ石原のモノクロの詩世界を、はからずも不思議に象徴化しているように思える。

舞鶴を訪れたのは、季刊誌に石原論を書くための「フィールドワーク」のためだった。帰還直後、同地の引揚者収容所で石原は立原道造を読み、日本語との「まぶしい再会」を果たし、三十八歳で詩を書き始めた。その六十年後、私が訪れた舞鶴に詩人の痕跡は、当然ながらどこにもなかった。引揚桟橋は当時の場所に保存されていたが、藻の異常繁殖でくすんだ緑色になった海は、拒むように不機嫌に沈黙していた。記念館に展示してあるスプーンや針などの、抑留者が監視の目を盗んで作った日用品のどこか骨のような姿だけが、石原がエッセイに書いたラーゲリでの苛酷な現実を、繊く硬く証していた。

帰還後親族に絶縁状を突きつけた石原吉郎には故郷がなかった。ラーゲリと本質的には何も変わらないエゴイズムの満ちていた戦後の日本は、石原の望郷していた祖国ではなかった。そこで詩人は、シベリアの河畔で「猿のようにすわりこんでいた位置」という、もはやどこにもない場所に居続けたのだが、その「位置」から石原だけの生の時間が、煌めく銀線のように石原だけの死の時まで続いた。遺された詩はすべて、その孤絶した線の軌跡であり、今読む者がそれに触れることは難しい。触れようとすれば美しく煌めき、線は死へ向かって帯電する。詩人は生を「断念」し続けることで、ようやく生きることが出来たのだから。

「ひとつの花でしか／ありえぬ日々をこえて／花でしかついにありえぬために／花の周辺は適確にめざめ／花の輪郭は／鋼鉄のようでなければならぬ」（「花であること」）

花の輪郭の煌めく線を想う。ふたたび戦争の黒いシルエットが動き出した今、「断念」するほどのものが私自身にあるのだろうか。石原の「断念」に学んでなお、「あらがい」は可能なのか。詩が詩でしかついにありえないとしても。むしろ詩でしかありえないがゆえの銀線のような「あらがい」を、一輪の花の姿に想ってみる。

2　「光跡」を追う旅――二〇一四年初冬、福岡、柳川、長崎

①　明滅する絶望と希望――立原道造への旅

「北九州の工業地帯をひるすこしすぎの光のなかで見た。今はまた〔ママ〕何もいへないいくらゐ心打たれた。技術の美しさとでもいふのか、巨大なマスの美しさとでもいふのか、おそらく、その両方なのだらう。」

（「長崎紀行」）

一九三八年十二月二日、死の四ヶ月前に初めて九州を訪れた立原道造は、船上から見た八幡製鉄所に心を奪われた。

詩人は南国の光に何を求めたのか。どんな絶望と希望があったのか。生誕百年目に当たる昨年、私もまた生まれて初めて同じ地を踏んだ。詩人よりも一週間早く、やはり昼過ぎに。同じ初冬に、同じく初めての地で心をただ解き放とう――。こうして「光跡」を追う旅は始まった。

小倉に近づくと、巨大な煙突が新幹線の車窓に迫ってきた。雨に煙り幻想的な朱と白の縞模様。詩人もこれを見たのか。もちろん当時の光景とは違うだろう。だが「技術の美しさ」を自身の生命のように見つめた詩人のときめきが、胸をふと擦過したような気がした。七十六年後のいま、光のない暗い空だからこそ。

私が長らく忘れていた立原に再会したのは、一昨年のことだった。雑誌に詩人論を書くため、初めて最晩年の書簡と「長崎紀行」をひもといた。そこには「シティボーイ」のイメージからは思いもかけない、命の叫びがみちていた。

日中戦争が泥沼化していたころ。友人が次々戦地へ赴く中、詩人自身には結核による死が迫っていた。激しく明滅する絶望と希望。やがて全ての迷いを振り切り、三八年、真実の光を求める旅に出る。九月の東北行きに続き、初冬に九州へと向かったのだ。

小倉を過ぎて博多では詩友と語らい、柳川では北原白秋を偲んだという。最終目的地の長崎に着いた日には、「いい部屋におちついていい仕事だけを」する生活を夢見て外国人居留地に下宿も見に行く。だが、翌日激しく喀血。そのまま友人宅（医院）で病床に就き、一週間後帰京するが、翌年三月末帰らぬ人となった。享年二十四。

小倉、そして博多を後にした私は、柳川に向かった。長旅に疲れた立原は、この町について特に書き残してはいない。だが白秋が「遠く近く瑯銀の光を放つてゐる幾多の人工的河水」（「水郷柳河」）と表現した河畔を散策しながら、かつての浪漫びともまたこの「瑯銀の光」に魅せられたに違いないと直感した。

続く長崎では、立原が病に伏せった医院の跡地を探した。町並みは変わっていたが、ある病院で尋ねると、年配のご婦人が通りの向こうの木を指さし、「あの右側ですよ」と教えてくれた。それは恐らく槇（まき）の木だったが、「長崎ノート」に出てくる楠（くすのき）を思い出させた。

病床の立原は、窓越しに光る楠の葉の「音楽」に深く心を慰められている。夜には死の不安に脅かされた詩人も、朝の葉々の煌めきに生きる希望を与えられたのである。それは、長崎の聖母のまなざしにも似た光だったに違いない。

②　死の予感、詩のともしび——尹東柱への旅

一九三八年初冬、結核を患っていた立原道造は最後の力をふりしぼり福岡にやって来た。彼の足取りを辿る旅のなかで、私はまたもうひとりの詩人を追った。

植民地下朝鮮から日本に留学し、四五年二月十六日、旧福岡刑務所で絶命した尹東柱。三歳違いの立原と尹は直接出会うことはなかったが、同じ暗黒時代に抒情詩を書き続け、最後まで詩人として生き切った純粋さと真率さにおいて重なり合う。

ふたりは共にオーストリアの詩人リルケを深く愛した。第一次大戦によって荒廃した世界を、美しい詩にうたいあげて回復しようとしたリルケは、日本の抒情詩に大きな影響を与えた。立原はリルケ研究で知られる堀辰雄に師事し、堀の編集する詩誌「四季」にリルケの訳詩を寄せた。尹も中学時代からリルケを読み始める。立原訳のリルケを読んだことがきっかけだったようだ。

だが歴史の暴風は、リルケの純粋な詩世界からふたりを引きさらってしまう。死の前年、立原は迫り来る闇に身を投げ出すように抒情詩から別れ、「聖戦」を賛美する「日本浪曼派」に急接近する。尹は日本への渡航直前の詩「星を数える夜」で、リルケももう星のように遠いと嘆き、渡航手続きのために創氏改名を余儀なくされる。その後ふたりはそれぞれ嵐に挑む小鳥

のように、苛酷な宿命によって地にたたきつけられた。

「死ぬ日まで天を仰ぎ／一点の恥じ入ることもないことを／葉あいにおきる風にすら／私は思いわずらった。／星を歌う心で／すべての絶え入るものをいとおしまねば／そして私に与えられた道を／歩いていかねば。／／今夜も星が　風にかすれて泣いている。」

（尹東柱「序詩」、金時鐘訳）

「僕が　詩人でありたいとねがふ日に　僕は詩人だと信じます　いかなる意味ででも　この志向が決める世界こそ詩人の場所だと信じます（略）僕はその場所で　詩人でなしに死ぬ日にさへ　詩人であつたと信じ得ます」

（立原道造、一九三七年四月一日付書簡）

「死ぬ日まで」「死ぬ日にさへ」――生まれた時から世界大戦に巻き込まれていたかれらは、つねに死の予感に晒されていた。だが最後まで詩の光を信じ続けた。

九州に降り立った立原は、南国の光に希望を奮い立たせ、異国の片隅で尹も、闇に灯をともすようにハングルで詩を書き続けた。尹は早春に亡くなったが、独房でつかのまでも春の光を感じられただろうか。

尹の絶命の地である旧福岡刑務所と火葬場の跡地を訪れた。今は団地が立ち並ぶ静かな場所である。七十年前、このどこかで詩人は春を待ち続けていたのだ――。青空の下、火葬場の跡地が臨む博多湾の美しさに胸をつかれた。ここから遥か朝鮮半島へ戻っていったのだろう。朝鮮語で「涙」は「目（ヌン）の水（ムル）」とも言うが、湾がたたえる水は今も昔も美しく、そして悲しい。

　ふたりの生は闇に消えた。だが彼らは短い生涯をかけて詩の光を求め続け、かけがえのない光跡を残してくれた。そして光となった今も光を求め、旅を続けている。詩の中で、九州の空で、小さな旅を終えた私の中で。

3　二月に煌めく双子の星——茨木のり子と尹東柱

二月は不思議な季節です。冬が立ち去ろうとしながら、春は来ることをまだためらっている。光は風に煌めきながらも、そこに温かみはない。まるで真空のような季節のエアポケットです。毎年二月になるとそんな皮膚感覚の中から、私の心におのずと現れる詩人がいます。一九四五年二月に旧福岡刑務所で獄死した、尹東柱です。

茨木のり子さんの作品を愛読される方ならばご存知でしょう。韓国では今も昔も最も愛されている詩人で、今年は生誕百年です。日本ではかつては余り知られていなかったこの詩人の存在が広く知られるようになったきっかけは、茨木さんのエッセイ「尹東柱」（『ハングルへの旅』朝日新聞社）が国語の教科書に載ったことでした。

尹の略歴は次のようです。一九一七年北間島（ブッカンド）（現・中国吉林省延辺朝鮮族自治州）・明東（ミョンドン）村生まれ。ソウルの延禧（ヨンギ）専門学校を卒業後、四二年文学を学ぶため日本へ渡航します。しかし四三年京都の同志社大学英文科在学中に治安維持法違反で逮捕され、解放のちょうど半年前、四五年二月十六日に旧福岡刑務所で獄死してしまいました。生体実験を繰り返された果ての死とも言われています。

じつは私の自宅は、尹の京都での下宿先であるアパート跡から歩いて十分ほどにあります。

十年前、ふとしたきっかけで尹の詩集『空と風と星と詩』（日本語訳）を手にしました。そしてこれまで読んだことのない繊細で美しい詩に驚きました。また自分の生活圏にかつてこの非業の詩人が住み、懸命に詩を書いていたと思うと、やるせない気持にもなりました。その後評伝や関連書も読んで、尹が当時禁じられていたハングルで書き続け、暗黒の時代の片隅でたった一人言葉の光をかざした詩人であることを知りました。最期まで魂の清冽さを貫いた生きざまに驚くと共に、深い感銘を受けました。

一方茨木のり子さんを唯一無比な詩人として意識するようになったのも、尹東柱を知ってからです。じつはそれまで茨木さんの作品にきちんと向き合ったことはなかったのです。勿体ないことに、暮らしから言葉を紡ぐ詩人という通俗的なイメージだけで通りすぎていました。しかし尹に深い悲しみと愛情を寄せた言葉を読んで以来、私にとって茨木さんも特別な詩人になりました。言い換えれば尹東柱というプリズムを通して茨木のり子は、もう一度私に、今度は魂の輝きを放って立ち現れてきたと言えるでしょう。そして今はむしろ茨木のり子というプリズムを通し尹東柱が、深い陰翳と共に現れてきます。尹東柱を読み、茨木のり子を読む。その往還が私の中で「詩とは何か」という問いを深めていくようです。

最近茨木さんの命日が二月十七日だと知りました。なんと尹の命日と一日違い。もちろん偶然ですが、私には二月という月がより謎めき、真空を深める気がします。「人間のなかには、稀にだが、死んでのちに、煌めくような生を獲得する人がいる。尹東柱もそういう人だった。」これは茨木さんが「尹東柱について」（『一本の茎の上に』筑摩書房）で記した言葉ですが、茨木さんご自身にもそのまま当てはまる、すぐれた詩人の定義だと思います。

二月の真ん中には美しい双子の星が煌めいている。そう意識して見上げれば、空から詩の力が汲まれたように、枯れ木や川の冷たい水も不思議な輝きを放ち始めます。

4 「世界」の感触と動因——解体を解体する「武器」を求めて黒田喜夫を再読する

「世界性」とは何か。そもそも「世界」という言葉は何を指すのか。その問いには様々な角度からの答えがあるだろう。だが今与えられたテーマ「黒田喜夫の世界性を問いなおす」に応答しようとして私の中で動き出すのは、歴史や政治や哲学の次元ではない。黒田喜夫という、人間の生と詩を根源から考え抜こうとした詩人に向き合う時、ある歳月をかけて詩というもう一つの時空に生きて来た、私自身のもう一つの身体が身じろぐのである。

本稿で「世界」とは、詩が書かれるたびに見出されては消える、窺い知れない生命体のような無限の虚空だと考えたい。もちろんそのような「世界」は主観的である。だが現実の世界より深く肉感的でありつつ、日常と無縁ではなくむしろ密かに濃厚に浸透しあっている実在である。それは日常から「負性」あるいは傷を果てしなく負わされながら、日常に不可視に差し迫る危機の不穏な「ネガ」となりいきづく、生々しくも重いモノクロの空白というイメージを持つ。

黒田喜夫の詩からは、自分が詩をとおし感受してきたそのような「世界」の、さらに内奥にふれていく感触をもたらされる。黒田の詩にそのような「世界」が立ち現れるのは、どんよりとした曇り空がどこまでも続く無人の荒れ地だったり、窓も戸口もない家々がおしだまる村だったり、寂しい原野だったり、工場が立ち並ぶ陰鬱な埋め立て地帯だったりする。あるいはアパートの四畳半や故郷のあばらやだったりもする。しかしいずれの詩の時空も詩人の幻想によって彼方へつなげられている。あるいはそのままでもう彼方に営まれている。今も詩人が残した「飢え」の感覚が、遺された詩の時空にあふれ、さらに深められているかのようだ。危機から生まれた幻想のエネルギーが、未知の彼方（水平でも垂直でもある彼方）へ「世界」を押し広げているのだ。

あるいは詩人がたった一人全身をかけて、彼方まで「生き生きさられた」実在の深さは、主の消えた今もその詩に生々しく存在する。そこで「世界」はつねに「生きている」し、私たちによって「生きられ」ようとこちらへ身を乗り出してくるようだ。どの頁にもそれはそこでわないている。太陽のない空（詩人はつねに太陽に背を向けている）に、無音の叫びがながくどこまでも走っていく。「声のまなざし」はなお伸ばされ、ありえない遥かな閃光を希求している。私はそのような「世界」のありさまに驚き、この詩人の詩の生命力の強さに感銘を覚えるのだ。

詩人の「世界」はなぜ、詩人がいなくなった今もそのように生きているのか。現在という危機の時間に私が求めるものが、それをふたたび蘇生させるのか。詩人が投げかけた問いが、この現在にも問いを深め続けるからか。もちろんそれだけではない。その「世界」にはまだ、どこにも辿り着けない、正確には辿り着こうとするからこそ辿り着けない詩人の「身体」が、生々しくうごき激しくあえぎ、何かを掴もうと不穏に這いずっているからである。

「もう何日も／おれはひとりで道を歩きつづけた／背中にななめに一丁の銃をせおって／道は曲がりくねって／見知らぬ村から村へつづいていた／だがその向うになじみ深いひとつの村があるのだ／そこにおれはかえる／かえらねばならぬ／目を閉じると一しゅんのうちに想いだす／森のかたち／畑を通る抜道／屋根飾り／漬け物の漬けかた／意地悪い親族一統／けずり合う田地／ちっぽけな格式／そして百年も変らぬ白壁の旦那の屋敷」（「空想のゲリラ」）

この、歩いても歩いても故郷の村に帰り着けず、着いたと思えばそれはつねに見知らぬ村になっているという永遠の彷徨を、望んでか強いられてか続けているゲリラ兵は、詩人のもう一つの身体である。実際こうした彷徨の夢をよく見たと黒田はどこかで書いていたように、青年期に出郷して以来、一度も帰ることのなかった故郷への思慕もあったのだろう。だが注意しなくてはならないのは、この詩において詩人＝ゲリラ兵は、自分が出郷したのと同一の村に帰ろうとしているのではないことだ。帰るべき村はつねに辿り着いた村の彼方にあり、詩人は永遠に帰れないままなのだ。

黒田は「彼方」について次のような定義（自己についての定義でもある）を残している。

「私である彼方。亡びるものにしてわが反回帰的志向において亡びざるもの。」

（「一人の彼方へ」『一人の彼方へ』）

この「反回帰的志向」は村をつねに彼方のものにする言わば情念であり、それゆえに「世界」は円環的に閉ざされることなくいきづいていくのだ。「ゲリラ兵」は風となった今も、その「反回帰的」エネルギーで「世界」を渦巻かせている。

さらに言えばこの、詩人のいきづきやまぬ「世界」の動因である「反回帰的志向」は　対立する諸概念の切実な軋みあい、個と共同体におけるさまざまな背理と両義性から無数に微細に発生するものでもある。無限に続く稲穂のうねりのようにそれは、「世界」の生命そのもののざわめきとして激しい飢餓感から声を上げ、今を生きる者の生命の底をかき立て、戻れない彷徨へと誘うのだ。

このような「反回帰的志向」によって詩作品だけでなく、詩作品と浸透しあうように詩人が残した詩の定義もおのずと錯綜し、軋み、ざわめいている。私が理解した範囲でまとめれば、それはこうなるだろうか。詩とは詩人にとって「私である彼方」へ全身をかけて向かうもう一つの身体の行為であり、日常から負性を背負わされ倒立した「世界」を、もう一つの身体が「正置」しようとする意志において、つかのま現れるものである。それゆえに詩は革命となにほども違わない。詩は政治的革命と相互にからまりあい、隠されていた「一人の民衆」の身体が「世界」からあふれる空間になりうるのだ――。黒田はそのように、戦後詩において詩＝革命という根源的で身体的な詩の定義を、たぐいまれな日本語の力業で精緻に魅惑的に現出させた。戦後においても結局は抒情や叙景に囚われてしまった生命力のないスタティックな日本の詩の世界でつねに埋められる危険に晒されながらも、決して塞がれることのない生き生きとした

「反回帰的な」裂け目を作ることが出来たのである。

「詩は人間の生における『身体』の瞬時の証しの行為――（擬自然と異和する）自然・身体の親和のめざされた全体性の夢と同義な証明の行為であるものなのであり、また何故それがそこにあるのかといえば、人間は、それなしには現存を生きぬけない（受苦し得ない）存在だからとでもいうより他に仕方がないでありましょう。さらに別言すれば、このような詩の行為のこの場合の見えない主題となるコンミューン＝村とは、故に、身体において類と個の対立と親和の二重性をそのままに生きられる人間の空間の夢であるとともに、それは被支配民衆・人民の（後述する非人・非人間の）自己権力、蜂起を含むひとの世の（現実の村・階級社会の）全転形の時空化であるほかはない、そういうものなのでありましょう。」

（「菅孝行との往復書簡」『自然と行為』）

「詩は人間の生における『身体』の瞬時の証しの行為」「（擬自然と異和する）自然・身体の親和のめざされた全体性の夢と同義な証明の行為」――今この薄い均質の空気の中で、裂け目としての詩を書こうとするなら、黒田によるこの詩の定義を何度も「反回帰的」に反芻してみるにしくはない。目を閉じあらゆる偽の光とイメージを消し、「身体において類と個の対立と親和の二重性をそのままに生きられる人間の空間の夢」、「被支配民衆・人民の（略）自己権力、蜂起を含むひとの世の（略）全転形の時空化」といった難解ではあるが本質的な「テーゼ」に、深く触発され内奥に喚起された光源から幻視を試みること——つまり何はともあれ詩人の残した「世界」のうねりにみずから巻き込まれればいいのだ。やがていつか、誰しもに隠された一人にして民衆でもあるという身体の「全体性」が、詩を読むあるいは書く行為の中から明かされるかも知れない。その時言葉は「世界」のうねりを伝える伝導体となり、特権的で静思的な「詩を書く主体」は無化されるだろう。

「燃えるキリンの話しを聴いた／燃えるキリンが欲しかった／どこかの国の絵かきが燃やした／ながい首をまく炎の色／その色が欲しかった／藁で作った玩具の馬に火をつけた／にぶく煙り／残ったのは藁の灰の匂い／それから外に走りでた／泣いているのは悲しいからじゃない／燃えるキリンが欲しいだけ／だが見えるのは渋に燃える桑の葉／死んだ蚕をくわえて桑園から逃げる猫／我慢ができない／世界のどこかでキリンが燃える／燃えるキリンが欲しいと叫びだした」

（「燃えるキリン」）

「燃えるキリンが欲しい」という飢餓の底からの叫びが、「世界」に響く。詩の「主体」はなく、叫びと叫ぶための穴となった「身体」だけがここにある。聞こえないからこそ「世界」を満たしていく叫びと、巨大な沈黙のような叫びそのものとなりいきづく「世界」——それはモノクロである。キリンの首を巻く「炎」は、モノクロの「世界」に「欠除」していたがゆえに「根源」的な鮮やかさと生々しさで燃えるのだ。読む者一人一人の内奥に一瞬立ち現れるその幻想の紅花色（私にはそう視える）は、詩句に触発されたそれぞれの「身体性」と「全体性の夢」の閃く一端でもあるだろう。ちなみに「身体性」や「全体性」の内実とは、先に引いた往復書簡の別の箇所にある「人間が直接自然と相互浸透するときの感性的記憶」とほぼ同じものだ。それが激しい「炎」のイメージとして現れたのは、「身体性」や「全体性」や「感性的記憶」の「欠除」をネガとして立ち現れる（それらの）「根源」が、神の顕現のようなポジとして鮮烈に輝くからだ。

一方先述したように詩人の「世界」には太陽がない。詩人はつねに太陽に背を向けている。それを「背日性」「北方志向」と評することも出来るだろう。夏でも寂しい故郷の風景の記憶もそこには関わるはずだ。だが本質的には、太陽が「欠除」するからこそうねりやまないという「世界」の背理がそこにはあるのだ。飢えのエネルギーによって、ありえない「根源」を希求する底知れない切望を通路として、いつか「燃えるキリン」のように幻想の閃光が「世界」を裂いて現れるだろう。その一瞬詩人が求め続けた「自由と実在」が遥かに照らし出されるだろう。

太陽の「欠除」が「根源」への切望そのものとなってモノクロにいきづく黒田喜夫の「世界」。それは曇り空に痛みと哀しみの記憶を湛えている。農民組織で共に活動した「あんにゃT」の鉄塔からの投身自殺の記憶もそこには滲みている。

「その頃まで、わが父祖の地の農民組合その他の組織はことごとく壊滅して、農民Tが再び『本官は！』と叫ぶ機会はないと思われたが、『Tあんにやの家』の近所のひとびとによると、或る深夜にその家の庭から、彼があの農地委員会で叫んだのと同じ台詞が彼の山で高らかに叫ばれたことなどもあったそうである。それが破局の兆候で、それからしばらくののち、彼らの党がまた方針を転換し、若い書記Kが赤色生活者の独特にこそげた顔で呆然と地上にかえってきた年の冬の或る日、見えざる男の農民Tは、村の近くを通る高圧送電線の鉄塔によじのぼり、そこからなおも上にのぼるような格好で身を投げて――つまり、此の世では完全な見えざる男となったのである。」

（「死にいたる飢餓――あんにや考」『死にいたる飢餓』、傍点ママ）

引用文中の「若い書記K」とは黒田自身、「T」とは「壮年の貧農」で、「その地方で名前の下に『あんにや』（注：単独では「若い衆、兄さん」、名前の下に付くと「下男、作男」の意）という卑称をつけてひとびとから呼ばれる男の一人」である。二人は揃って「あんにや」でありながら、「彼らの郷の歴史のなかに初めて現れた革命党員」でもあった。生来寡黙だったTは「少し弁のたつ男といわれるようにもなって」活躍する。だが農地改革が終わりに近づくと農民組織は破局へと向かう。新しい組織作りも共産党の方針と対立しうまく行かず、やがてKは地下に潜った。一方地下に潜らなかった分精神的な苦悩を背負ったTは、Kが「地上にかえってきた年の冬の或る日」、引用文にあるように鉄塔のてっぺんから投身するのだ。

この一節を読んだ時、不思議なことに実際見たわけではない私の眼に、地上ではなく空に向かい投身する男の小さな影と、それを抱く曇り空の閃きが一瞬焼き付けられたのである。人の命を誘惑し呑み込む「世界」の冷たくも生々しい感触と共に。

　正確には投身したのではなくさらに上にのぼろうとしたTが、最後に鉄塔の頂きから虚空に何を見たのかは誰にも分からない。だが少なくともそれは、「欠除」から希求された「根源」の鮮烈な輝きを放つものだったのではないか。さらに言えば、革命党員として自ら絶対化した「飢え」から希求された、絶対的な革命の光だったのではないか。たった一人で地上のあらゆる飢えた子のために（一人の彼方へ！）身を投じ、革命をつかみとろうとしたT。その投身の一瞬、空あるいは「世界」は飢えた子供のために、未曾有の炎の色で輝いてみせたのではないか。そのように私はTの幻視を幻視する。

　紙幅は尽きたが、本稿で触れた黒田の「世界」の動因と感触は、今の時代における「世界性」というテーマへどのようにつなげていけるだろうか。今全世界において村落共同体、一人の民衆（プロレタリアート）、身体性、背理と両義性がことごとく解体されようとしている。残念ながら現実には「世界性」がそのような均質でグローバルな内実を持たざるをえない時代だとしても、半世紀も前に黒田がそれらを、失われゆく哀しみにおいてではなく、「欠除」している痛覚においてすでに思考していたことに注目したい。「欠除」と「根源」がスパークする痛覚の閃光に共振し、再びこの詩人を読むならば、私たちは「世界」の解体に裂け目を作り、解体を解体する「武器」をたしかに手にするのではないか。

※詩の引用は『黒田喜夫詩文撰　燃えるキリン』（共和国）より。

5　共に問いかけ続けてくれる詩人——石川逸子小論

詩人とはいかなる存在か。どうありえて、どうあるべきか。二〇一〇年から私はずっとどこかで自問を繰り返している。きっかけは、同年に持ち上がった朝鮮学校の無償化除外である。これは在日韓国・朝鮮人が、かつて植民地主義によって奪われた母国語を学ぶために作った朝鮮学校だけが、高校無償化の対象から除外されたという重大な「事件」である。その事件の不当性をうったえる＝うたう詩の活動の中で、私は石川逸子さんの大きさに触れた。

同年八月、私と在日の詩人が呼びかけて作った歌人・詩人七一名による『朝鮮学校無償化除外反対アンソロジー』の巻頭に、石川逸子さんのメッセージと詩が載っている。メッセージで石川さんは、植民地支配の歴史を顧みれば「本来ならば謝罪の心をこめて、何はおいても真っ先に無償化するべきではありませんか」と日本国家に鋭く迫る言葉を記した後でこう続けている。

「ナグネ（旅人）、チンダルレ（つつじ）、ムル（水）、ヌン（雪）、サラン（愛）などなど、美しい言葉を子どものときから学ぶ権利にどうしてケチをつけるのでしょう。思えば文字・暦・仏教・紙・墨の製法、陶器の製造、印刷技術、詩文、そう、何から何まで隣国に学んできたというのに。」

この一節にある石川さんの眩しいくらい美しい勇気に、世の闇がふっと照らされる気がした。大きなものに包まれる思いだった。詩人の心は雪や水のように清冽で、春のように暖かな愛に満ちている。そこから真実をうたう勇気がこんこんと湧いている。長きにわたりたゆまず弱き者たちに寄り添い続けてきた石川さんの、思いの美しさとつよさに射抜かれた。

『新編石川逸子詩集』にも、「胸の内からの思い」があふれている。それはひとえに非業の死者たちへの思いである。ここにある詩の主体は、死者の思いを伝える声である。それは、植民地主義や戦争によって非業の死を強いられた者たちに語りかける声であり、またかれらの聞き届けられない声を代弁する声でもある。さらに詩人の思いのただなかで蘇った死者の声の切れ端が、方々から聞こえる。被爆者、戦死者、そしてとりわけ「慰安婦」の少女の声である（ちなみに石川さんの著書に、『日本軍「慰安婦」にされた少女たち』というタイトルの岩波ジュニア新書がある。同書は少女たちの痛苦に寄り添うだけでなく、民間人だった青年たちを蛮行に駆り立てた背景をも鋭く洞察した名著である）。この詩集にある少女たちの声々は、非道で無法な暴力の現場へ読む者をおのずと連れ去っていく。だがそこにはもう誰もいない。少女たちは行方不明のままであり、どこからか聞こえるのは、今も本当には熄むことはなく、静かに次の嵐を待ってそよぐ狂気の風の音と、風のまにまにきれぎれに聞こえる哀切な声々である。

「軍人たちはそれでもやってくる／あなたの病は　日に日に重くなり／からだはひどく熱っぽく／〈私　狼のエサになるんだろうか〉／そんな日に　日本軍はあなたを捨てました／逃げましょう　早く／誘う仲間に／動けないからここにいます　姉さんたちと　緒に／안녕히(アンニョンヒ) 가십시오(カシプシヨ)（さようなら）／朝露のような涙をひとしずく　こぼした　あなた／／それからのことは　わかりません／生きられたか／死んでしまったか／生きているなら　どこに／死んでしまったなら　どこに」

（「少女2」）

ここに聞こえる、虫の息の少女のかすかな別れの挨拶、안녕히(アンニョンヒ) 가십시오(カシプシヨ)は、何と痛切に響くのだろう。「慰安所」で少女たちは日本女性の名を付けられ、朝鮮語を話すことも禁じられた。祖国の言葉を話せば殺されることもあった。この少女は解放後、死ぬ間際にただ一度、ようやく祖国の言葉を呟くことが出来たことになる（朝鮮語で詩を書いたために治安維持法違反で逮捕され、獄死する寸前朝鮮語らしき叫びを上げた詩人の尹東柱も想起させる）。石川さんはこの少女に、「慰安婦」について資料を読むか、聞き取り調査をするかの過程で出会ったのだろうか。たった一人病のために身動きできず、見捨てられたがらんどうの「慰安所」に横たわる少女。名前も行方も分からない。恐らく亡くなったのだろう。だが命日は不明である。石川さんがこの詩を書かずにいられなかったのは、せめて詩で墓碑銘を刻んであげたいという思いからに違いない。少女の名も命日も分からなくても、その最後の声안녕히(アンニョンヒ) 가십시오(カシプシヨ)を、想像の風の中にたしかに聴き取ったのだ。

石川さんはこの詩「少女2」を、二〇一〇年十二月、東京の会場で行われた『朝鮮学校無償化除外反対アンソロジー』の朗読会で、朗読して下さった。決して声高ではない真摯なはりつめた声で。とりわけこの안녕히（アンニョンヒ） 가십시요（カシプシヨ）には、万感の思いがこめられていたように思う。その時は私は、除外反対のために「慰安婦」の少女へのレクイエムを選ばれた石川さんの思いの深さは、本当には分からなかった。だが無償化除外の根にあるものが、戦前の植民地主義そのものであることが明らかになった今（二〇一三年安倍政権は朝鮮学校を完全に適用外とするために、文科省の省令までをも改定した）、この詩の「少女」の末期のまなざしは今、理不尽な仕打ちによって言葉を奪われようとしている生徒たちの悲しみにまで届いているのではないか。石川さんは「少女」のまなざしに自らのまなざしを重ね合わせて、朝鮮学校除外という事件を見据えていたのである。

「今、在日朝鮮人の子弟が、日本の学校では学べない母国の言葉、ハングル文字、歴史を学ぶのは当然の権利でありましょう。日本に土地を奪われたゆえに故郷での暮らしが成り立たなくなって渡日せざるを得なかった方たち、あるいは文字通り力づくで連行された方々の三世、四世たちなのです。本来ならば謝罪の心をこめて、何はおいても真っ先に無償化するべきではありませんか。」

（『アンソロジー』）

話は前後するが、二〇一〇年八月、『アンソロジー』参加者有志で、文科省へ無償化除外の要請を行った。とても暑い日だった。石川さんも来て下さりその時初めてお会いしたのだが、今思い返せば、つば広の夏帽子を被られた石川さんのそばには、遠い夏の少女も寄り添っていたように思う。私たちは十人ほどで、どこか黴の匂いのする取調室のような一室で、担当官二人と向き合った。そこで一人一人、胸の内からかれらに思いをぶつけた。一人一人の中の少年少女と共に。そして石川さんも静かに若い担当官に言われた。「尹東柱を知っていますか。知らなければぜひ読んで下さい」。場は一瞬しんとした。政治的な次元に投じられた、その「文学的な」問いかけの意味するものは重く深い。東柱は朝鮮語を禁じられた時代に、詩を学ぶために日本の大学に留学し、朝鮮語で詩を書いたために逮捕され、解放直前に獄死を強いられた。この、命を賭けて祖国の言葉を守ろうとし、すべての人の思いをつなぐ詩というものに最後の希望を見い出した詩人について、もし権力側にいる人間が知り感銘を受けたならば。もしそんな奇跡が起これば この社会の厚い氷はそこから溶け出し、東柱と少女たちと、そして朝鮮学校の生徒たちに本当の春が訪れるだろう。生徒たちは、東柱と少女たちの代わりに、堂々と祖国の言葉や文化を学び、胸をはって日本の社会で生きていくことだろう――説明すれば冗長になるそのような願いを、石川さんは一つの本質的な問いかけに、凛とした声で込めたのだ。

詩人とはいかなる存在か。どうありえて、どうあるべきか。冒頭の自問には今もこだまだけが返る。だが諦めず問いかけ続ける勇気を、石川さんは教えてくれた。問いかけ続けながら他者と共に生きていく愛を。長い冬にも必ず春が訪れるという希望を失わない忍耐強さを。そして何よりも、自らの詩の思いを信じ深めていく決意を。

Ⅲ　書評

1　苦しみと悲しみを見据える石牟礼道子の詩性

――渡辺京二『もうひとつのこの世』・『預言の哀しみ』（弦書房）

二書のあとがきに著者はこう記す。

「石牟礼さんとの出会いは、私の自己の再発見であった。この出会いなしに、物書きとしての今日の私は存在しない。」（『もうひとつのこの世』）

「偉大なる才能なりしかな、その仕事をいささかなりと支えられし幸わせよ。」（『預言の哀しみ』）

『もうひとつ』は詩人論、『預言』は書評や主要著作の評釈を中心にまとめたもの。両書を貫く著者の石牟礼への深い愛情と感謝の念が胸を打つ。生涯弱き者たちと魂の次元で苦楽を共にし書き続けた詩人石牟礼道子の姿が、いとおしく立ち上がる。

編集者として詩人と出会ってから最晩年までの半世紀以上、著者は詩人の生と言葉に寄り添って来た。原稿を清書し創造の現場に立ち会い、水俣病闘争で共にたたかった。最晩年は口述筆記、身の回りの世話、食事作りまでした。その中で「近代において絶滅の一途を辿った見者・感応者」である詩人の感受性と言語能力を目の当たりにし、「近代的知で成り立っている人間」としての自己はおのずと「近代的な書くという行為を超える根源性」へ向かうことになった。両書は、魂＝生命の次元で感応させる詩人が、すぐれた知の編集者を感応させていった記録でもある。

「道子は社会運動の闘士ではなく、あくまで詩人だった」。なぜなら彼女は政治的知や言説をこえて「ひとの受難に深く感応せずにはいられぬ魂の持ち主」であり、「その魂はひとの世の成り立ちとは何か、この世界の根源に在るものは何かと問うて悶えた」のだから。「水俣死民」のゼッケンや黒の「怨旗」もまた、患者の苦患を感受し幻視した「もうひとつのこの世」のイメージである。それは「強烈なインスピレーションとなって運動をつき動かした」という。まさに身の震えるようなアンガージュマンである。詩人は弱者の苦しみと悲しみを見据えることで「もうひとつのこの世」のイメージを摑み取り、敵の魂に直接揺さぶりをかけたのだ。

「悶え神」石牟礼道子の詩の核心にあるもの。それは「現実から拒まれた人間が必然的に幻想せざるをえぬ美しさ」、つまり「苦海」が「苦海」であるがゆえにダイレクトに「浄土」へ変貌する、痛苦をとおしての幻想の輝きだ。著者は『苦海浄土』にそうした次元から放たれる詩の輝きを見る。

「この世の苦悩と分裂の深さは、彼ら（筆者注：患者である漁民）に幻視者の眼をあたえる。苦海が浄土となる逆説はそこに成立する。おそらく彼女はこのふたつの章において、彼らの眼に映る自然がどのように美しくありえ、彼らがいとなむ海上生活がどのような至福でありうるかということ以外は、一切描くまいとしているのだ。」
（『もうひとつのこの世』）

この一節は無上の詩論でもあると思う。「苦海浄土」という造語が意味するものは、苦海即浄土、といういたましくも究極の詩である。詩人の中に宿りえた名もなき民の、水俣病という地獄の底での声なき痛みをとおして、何百年もの生死を抱きつつ立ち現れた不知火湾の未曾有の輝き。そのすがたを、著者が引用する『苦海浄土・第二部』の次のような情景に垣間見ることができる。

「不知火海は光芒を放ち、空を照り返していた。そのような光芒の中を横切る条痕のように、夕方になると舟たちが小さな浦々から出た。舟たちの一艘一艘は、この二十年のこと、いやもっと祖代々のことを無限に乗せていた。それは単なる風物ではなかった。人びとにとって空とは、空華（くうげ）した魂の在るところだった。舟がそこに在る、という形を定めるには、空と海とがなければならず、舟がそこに出てゆくので、海も空も活き返っていた。」

この引用に続けて著者は書く。

「日本の近代文学者でこういう文章を書いた者はこれまで一人もいない。これはいわば情景を人類史の透視を通じてうたいあげた、いまだかつてない質の抒情である。作中にはこの種の思索的叙景とでもいうべき文章が随所にちりばめられていて、読むものを魅了せずにはおかない。」（同）

「情景を人類史の透視を通じてうたいあげた、いまだかつてない質の抒情」とは、見事な評言だ。なぜ「いまだかつて」なかったか。近現代において詩もまた小説と同じく、「中核に自我と環境との違和を据える」「イッヒ・ロマン」であり、石牟礼道子もまた近代人としての個の苦悩から出発した。だが彼女の「不幸な意識」は鋭く宿命的な資質であり、「この世」はどうしてもそり反ってしまうような苦しみ」なのだ。『苦海浄土』とは「その苦しみと患者の苦患がおなじ色合い、おなじ音色となってとも鳴りするところに成り立った作品」である。さらに「彼女の個的な感性にはあるたしかな共同的な基礎があって、そのような共同的な基礎はこれまでわが国の歴史でほとんど詩的表現をあたえられることもなかった」。つまり石牟礼道子の稀有な詩性を作り出しているのは、他者の苦患と共鳴する身悶えをとおして顕れる「人類史の透視」あるいは幻視と、「説経節」「歌念仏」のような前近代・古代のうたの力なのだと言えるだろう。石牟礼道子のうたは、「人間にほんとうに生きる根拠を与える『もうひとつのこの世』を、秘歌＝悲歌によって呼び返そうとする」ためのものだった。

小説をめぐって書かれたこの二書は、どちらも詩人石牟礼道子をめぐる詩論・詩人論であると言っても過言ではない。

最後に個人的なエピソードを記しておきたい。「石牟礼道子闘病記」（『預言の哀しみ』）は、詩人の最期の様子を知る上で重要な記録だが、二〇一一年の記述に目が止まった。退院して小康状態とあるが、じつはこの年の始め私は詩人から一枚の葉書を頂いている。前年私が友人と共に詩人たちに呼びかけて作った『朝鮮学校無償化除外反対アンソロジー』のことをどこかで聞き及んだのだろう、面識もない私に「アンソロジーに賛同します」と代筆でエールを下さったのである。詩人石牟礼道子の人柄をしのばせる出来事だが、二書を読み終えた今その言葉の意味が深まっていく。朝鮮人差別への憤りだけでなく、詩というものの力への深い信頼と期待がそこに込められていたのだと。八年前からの、いや遥か古えからの詩の輝きに射すくめられるようだ。天地も鬼神も動かすうたの力を諦めず、模索していかねばと思う。

2 現在の空虚に放電する荒々しい鉱脈——黒田喜夫詩文撰『燃えるキリン』（共和国）

黒田喜夫という詩人をいつ知ったのか、はっきりしない。私が詩を現代詩として意識して書き始めたのは、ちょうど詩人が亡くなった頃（一九八四年）である。思潮社刊の現代詩文庫や『黒田喜夫全詩』を手にとったのは一九八〇年代後半だったろうか。記憶するのは、「燃えるキリン」や「空想のゲリラ」などの詩の、内実はよく分からなくても無意識にダイレクトに触れてくる強烈な飢餓感である。言葉たちは、たしかに外部なのにどこまでも内部を彷徨うような、たしかに誰かが叫んでいるのに恐ろしく音がないような、そんな未知の世界のリアリティを感触させつつ、身をよじらせ、手足を必死で動かし、何かを伝えようともがいていた。そんな生々しさがつよくどこかに刻印された。

それから三十年。長い歳月を覆っていた霧が退き、再び黒田喜夫の言葉たちが私の前に現れた。生誕九十年を祝う本書の斬新な出で立ちに驚いたが、この書は今が危機の時だからこそ、ここにこのようにやって来たのだろう。「亡びうるものにしてわが反回帰的志向において亡びざるもの」（『一人の彼方へ』）という印象的な言葉を、ふと思い出す。三十年の空白を破り出た『黒田喜夫詩文撰　燃えるキリン』は、装幀、編集、紙質、フォント、厚み、落ち感のすべてにおいて、たしかに「反回帰的」である。だがそれゆえに、詩人の「亡びうるものにして」「亡びざる」言葉たちはより生々しく美しく切実に、「声の眼」（「涸れ川の岸で」）をひらき、こちらを見つめている。この本を皮切りに『黒田喜夫全集』（全四巻）が順次刊行されるという。

詩と散文がほぼ半々に収められる。そのような構成は、両者が深く相関するというこの詩人のあり方を踏まえていると思われる。もちろん相関の内実は簡単には解き明かせない。読む者は詩と散文の裂け目を往還し続けるしかないし、いったん詩人の言葉に魅せられたならばそうせずにはいられなくなる。何度もめくりメモをしたくなるのだ。菊変型版の本書はまるで指嗾（しそう）するかのように、読む者が自身の言葉を記すための余白を予め十分空けている。さらに厚みのある小口は、熱意ある読者の指に汚されることを待っているかのようだ。つまり詩集では一般にはありえない「書き込むための」仕様なのだ。私もモノを大切にしないほうで、好きな本であればあるほど汚してしまうが、これはそんな乱暴狼藉をものともしない。文字の汚さ、歪んだ傍線、コーヒーの飛沫も、名誉の負傷？にしてしまう作りは感動的ですらある。

編集にも意表をつかれる。詩の部の冒頭「最初の無名戦士」は初めて読む詩だが一目で惹かれた。一九五二年、詩人が結核療養所で療友たちと創刊した同人誌「詩爐」創刊号に掲載された作品だという。この詩と「黍餅」「詩書をあとに」「寡婦のうたえる」の四篇は、療養所に入院しながらも、詩人がせいいっぱい彼方へみずからを「架けた」、詩という行為の鮮やかなかたちなのだ。今安保法案可決から憲法改正へ向かう政治の絶望的な流れに淀む心も、これらの詩の声に見つめられ、深くから励まされるようだ。

「頭のうえを　眼のうえを　口のうえを／愛と叫んだ歯のうえを／／知るかぎりの地平線からつづいている靴跡とおなじ脚が／／ひとつの悔恨と憤激を　夜明けの小鳥のようにのびあがった手と足を／／朝鮮で　安南で　馬来で流れた血とおなじ血でそめたとき／／たえず戦争を病んできた列島に／夜から昼になまなましく渡された橋が生れる」　（「最初の無名戦士」）

「これは　実りました／鉄棘でかこまれた地のうえに／ひと粒ひと粒の実を実らしました／／わたしらは　刈入れました／夜　ぬすみとるように／／これを　食べてください／あなたの血でうけてください／／わたしらは　搗きあげました／力をこめて　うち固めました／／この　わたしらの手のように黄色い／占領地の黍の餅を」　（「黍餅」）

「ことばがないところにおれはいない／また　ことばだけがあるところにおれはいたくない／おれは告げる　おれはここにいない／おれは立ち上がって　外に出て／外に／／かがやかしく　ことばも　デモのように行動する／単純な真昼の扉の方に。」　（「詩書をあとに」）

「見てごらん　ちいさな息子よ／見てごらん　ちいさな娘よ／／また　あげられようとするあの手を。／葉巻をもつように／引金に　爆撃機に　強制収容所の門に／／またうごこうとする唇を。／諾と、諾と、諾と、お父さんの骨のうえにひびいたようによしよしと。／／（くりかえされてきた諾）／（おお見つめておくれ）／／あれを憎んでおくれ、あれに怒ってお

くれ、／あれにたかい泣声をあびせておくれ。」※

（「寡婦のうたえる」）

「最初の無名戦士」は朝鮮戦争、第一次インドシナ戦争、マラヤ危機への抵抗詩、「黍餅」は米軍の進駐と同時に接収された山形の村での基地闘争の詩と思われる。「詩書をあとに」は後年詩人の大きなテーマとなる「詩と政治」の詩、「寡婦のうたえる」は戦争未亡人の嘆きのうたである。これら五〇年代前半の詩にすでに、後年のイメージと思考とリズムがいきいきと萌芽している。これらに「燃えるキリン」「空想のゲリラ」「毒虫飼育」などが制作年順に続くが、初期の四篇と、晩年（八〇年代）の四篇を比較すると面白い。晩年の四篇とは、終の棲家となった清瀬が舞台の「遠くの夏」と「涸れ川の岸で」、ロックをモチーフとする「男の児のラグタイム」、SFと民謡を組み合わせた「老戦士の昼休みの詩学（オールドファイターズ・ラグタイム・バンド）」だが、これらにおいても詩人の「飢餓感」はまったく色褪せず、むしろ実験的に深められているように思う。詩人は最期まで自由への希求だけをよすがに、詩によって現実とたたかおうとし続けたのだ。

詩論の部では、詩が伝統として、短歌ではなく民謡と向き合っていくことで生まれる新たな可能性を示唆した「民謡をさぐる」、藁打棒という物体に触発され、詩と革命について白熱した思考を綴る「蒼ざめたる牛」、死についての魅惑的なアフォリズムを含む「死者と詩法」で、私はとくに紙面を汚したようだ。もちろん「死にいたる飢餓」「飢えた子供に詩は何ができるか」などもこれから再読し、余白を汚すだろう。とりわけ「生涯のように——対話による自伝」は、黒田喜夫の詩と思想の原意識を知るためにも必読である。これほど身体的に、つまり反歴史的＝反回帰的に語られた自伝はないのではないか。

表紙をかざる田中千智の装画にも惹かれる。マットな闇に燃える炎は、詩人の故郷に咲く紅花をも思わせる。絵のタイトルは「この世の終わりに何が残るのか」だが、この本自体が「ながい無音の叫び」（「沈黙への断章」）としてその問いに答えているのかも知れない。今後さらに気鋭の出版社共和国による「黒田喜夫プロジェクト」は進む。二十年隠されていた現代詩の「荒々しい鉱脈」（「民謡をさぐる」）が、現在の空虚に放電する姿をぜひ見届けたい。きっとたとえようもなく美しい裂け目が、私の中にもひらくだろう。

※引用箇所より前に「諾（ウィ）、諾（イヤ）、諾（イエス）」とルビが振られる。

3 「にんごの味」がみちている——『宗秋月(チョンチュウォル)全集』（土曜美術社出版販売）

ほんの束の間だが、鶴橋の街角で詩人を見かけたことがある。東日本大震災の直後、つまり亡くなる直前の春浅い日。見かけた在日の友人が挨拶をし立ち話をした。詩人は手押し車を押し帽子を目深に被っていた。だが残念なことに私は少し離れて立ち、言葉も表情もよく分からないまま別れた。

魂の脈動と体熱、そして詩人の命そのもののような猪飼野の濃密なざわめきがここにある。あの束の間の出会いがまるで「運命(パルチャ)の粒子である一日」に変わるかのように、この一書を前に心がふるえる。

六十六歳で亡くなった詩人の仕事（詩、小説、エッセイ、書評、語りなど）をまとめた全集である。終戦の一年前に生まれ戦後と共に生きた宗は、縫製やセールスなどの仕事をしながらラジオから耳で日本語を「食い」、二十歳の頃出会った金時鐘から教えられた大阪文学学校で小野十三郎に師事し、注目されていく。宗の戦後とはまさに「在日を生きる」痛みと喜びの時間であり、そこから証言のうたとして詩が迸り出た。在日二世として朝鮮と日本に引き裂かれ政治の季節にもまれつつ、「絶望を食って太っていく」女の苦しみを引き受けることから、自己と民族が見事に共鳴する固有のリズムを獲得した。確かに「またとはもう現れはしない」詩人だ。「野放図なまでにあけっぴろげで、それがそのまま在日を生きる女の詩の放出ともなっていた」「得難い詩才」である（金時鐘）。どの頁からも、何もまとわず何にもまつろわない言葉たちが、こちらの胸がすくほど真っ直ぐ魂の鼓動を伝えてくる。

「りんごの果肉をかじる／したたる血の／なんと透明なこと。／／りんごをにんご／と　言う母の／ナムアムタプツ／南無／なむあむたぷつ／咽いっぱいに浸透る（しみとおる）経／余韻を舌にまどみつ絡めつ／こぶしに充たぬ胃袋に／溶け堕ちる日本語のうまみ／汁の煮たぎる河に沿う／腸の煮たぎる街のなか／庇の下の物売りの母／埋くまる胸が／りんご／ひとやま　百円／／こうてんか」

（「にんご」全文）

「にんご」とは朝鮮語の「ヌングン」（野生のりんご）と日本語の「りんご」の「生きた混成語」（佐川亜紀）である。この詩で詩人は一世のオモニと共に、日本の林檎の味覚の奥から現れる故郷の野生のうまみを味わっている。猪飼野のざわめきとオモニの命の脈動と一体化している。この「にんご」をめぐり、一世と二世のちがいを鮮やかに表現した文章がある。

「りんごは沙果（サグワ）、林檎（ヌングン）と呼ぶ。栽培用の品種改良をこころみたものを沙果（サグワ）、山野に自生の小粒のりんごを林檎（ヌングン）と大別して呼んだ故郷の記憶は、在日の年月の苦痛の記憶にいやまさり、一世たちの口からはじける流麗な日本語は、ときにヌングンに凌駕される。／（略）頑固な、にんごの塁壁の余命が、もう幾ばくもない今、私は、にんごの語感に、そのうま味に、限りない愛惜の情を抱く。／「二世である私は、朝鮮の山野に自生する小粒の林檎（ヌングン）の、酸っぱさも甘さも咽元を通った記憶が、まるで、ないのだ。／日本には林檎（ヌングン）がないのだ。／沙果（サグワ）と呼ばれる西洋りんごの類を齧って、おしはかるにんごの味は、老齢に達した一世たちの、もはや、消えていくのみの、海を渡ってきた朝鮮人の、透明な、もう肉体を濾過した後の透明な、激情の味だ。」

（「文今分オモニのりんご」）

宗自身も、詩でも散文でも何とうまそうに日本語を食うことか。しかし「にんご」を収めた第一詩集を出してからは、長い間詩を書かず、「肉体でのみ詩をつづった」という。「文字に意味を見出せなかった」からだ。だがその後、それまで「恥」として詩人が否認した一世の「在日言語」を自分の子供たちが口にした時、詩人は「幼児語の鮮烈な響きに」「不覚の涙をこぼし」、再び詩作へと向かう。一九八四年、第二詩集を「どうしても出さなければ」ならないという思いに駆られたのは、同年の全斗煥大統領の来日、昭和天皇の戦争謝罪発言という「空前のイベントを前に、ただ目撃する生でありたくなかった」からだ。

「辺境最深部、つまり〈家〉というものの中から撃つために、私が手にした武器が、唯一持ち合わせた武器が、日本語でしかないことの悔しさに、地団駄を踏みながら、詩集を出版したのだ。」

「鳳仙花のようにはじけた在日の、その花がまたはじいた三世、四世である我が子たちの繰り返す自分史の中で、二世である私の、たった一人の反乱の鮮烈な想いでよぎる記憶であれかしと、せつに、希うのだ。」　（同）

労働のさなか耳で食い続けた日本語は、詩人の肉体を濾過し、ついに透明な「激情の味」を獲得した。自分の死後も子孫の中でうまみとなりその生を励まそうと、言葉は次々あふれ出た。日本語の思考と感性に囚われた日本人にも、それは脱出する力を与えた。やがて宗の言葉は、朗読によって発見した自身の日本語の「父から、母から遺(ゆ)ずられたリズム」に乗っていく。「そうして声をあげ、私は詩を書くこと、日本語で表現することに、やっと、意味を見い出した。私が書く詩は、在日を生きた証であると」という確信と共に。

詩的な力でリズミカルに綴られる猪飼野の暮らしや時代の荒波、そしてどうにもならない「運命」への「恨」と「情感」——本書には日本人が知らないもう一つの日本語の生命がざわめく。今やせ細る日本の詩にも鮮烈な滋養をもたらすはずの「にんごの味」が、みちている。

4 日本人が聞き届けるべき問いかけ——金時鐘『朝鮮と日本に生きる』（岩波書店）

本書は済州島四・三事件から日本に逃れて来た詩人が、六十数年後にして初めて綴った回想記である。これまで詩人に書くことをためらわせてきたのは、事件の当事者として目の当たりにした多くの悲惨な出来事から被った、心の深い傷だった。

事件について書かれた書物に触発されて、詩人の内奥から「井戸の古びたポンプが呼び水で蘇っていくように、次々と個々の記憶が引きずり出されて」きたという。「いが栗の毬(いが)の固まりのような記憶ですので触れるのも傷く、想い出すまいと努めて心の奥に仕舞いこんできた記憶です。そのせいでしょうか。原像はうすらぎもせずに順々とコマ送りに浮かび上がってきたのでした。」痛みに抗いつつ、あるいは痛みにあえて触れることで蘇ってきた記憶。思いのつよさのために長めにもなる一文一文の言い回しや文体は、時に詩的直感をきらめかせ、雅な香りさえ漂わせる。読者はイメージや映像によって想像力を自由に飛翔させることは出来ない。詩人の言葉の力によって、浮かび上がる「原像」におのずと向き合わせられるのだ。だがその類い稀な日本語の力が、植民地統治、解放、四・三事件を生き抜き、今詩人として「在日を生きる」実存の葛藤によって、鍛えられ育まれたものであることを忘れてはならないだろう。

済州島四・三事件は朝鮮戦争後高まった反共意識を背景に、一九八〇年代まで歴代政権が闇に封印し、公に語ることがタブーとされてきた事件である。公式に事件の始点とされるのは、四七年、「済州邑（現在の済州市）で開かれた三・一独立運動記念の集会後のデモに対して軍政警察が発砲し十数名の死傷者を出した、いわゆる『三・一節事件』が起きた日」である（終結は五四年九月二十一日）。「この日を境に、米軍政と島の左翼勢力との対立が激化し、『アカ狩り』に名を借りた警察や右翼による住民への横暴が猛威をふるう」。抗議のための全島ゼネストを境に白色テロが横行、米軍政下の警察は「アカの島」を制圧する体勢をととのえていく。やがてアメリカは「信託統治案」（朝鮮人による臨時政府を五年間にかぎって四大国（米・英・中・ソ）の信託統治のもとに置くという案）をめぐるソ連との話し合いに見切りをつけ、四八年、「南朝鮮だけの分断国家樹立にむけた総選挙を実施しようとする」。狭義としての四・三事件とは、『単独選挙』に反対する済州島での四月三日の武装蜂起に端を発し、武力鎮圧の過程で二万人を超える島民が犠牲」となった事件を指す。事件そのものも日本では殆ど知られていないが、見落としてはならないのは、「この血なまぐさい弾圧に投入された警察・軍・右翼団体は、おおむね、植民地期に日本がつくり育てた機構や人員を引き継ぐ存在であったこと」であり、その背後に植民地支配の機構を通して行われた米占領政策があったことだ。事件が凄惨きわまるものになったのは、アメリカが日本の過酷な軍国主義を反共政策のために利用したからである。

金氏は植民地下朝鮮・済州島で「一途な皇国少年」として育つ。解放までの少年期は皇国臣民化の過程そのものだった。だがそれは強いられたのではない。唱歌や童謡の韻律や抒情が心身に沁み込むことで、金少年はおのずから皇民化していったのである。

「植民地は私に日本のやさしい歌としてやってきました。けっして過酷な物理的収奪ではなくて、親しみやすい小学唱歌や童謡、抒情歌といわれるなつかしい歌であったり、むさぼり読んだ近代抒情詩の口の端にのぼりやすいリズムとなって、沁み入るように私の中に籠もってきました。これ皆が定形韻律のやさしい歌でありました。統治する側の驕(おご)りをもたない歌が、言葉の機能の響き性（音韻性）としてすっかり体に居着いてしまったのです。」

「あり余る朝鮮の風土のなかで、頬もめげよとばかり声はりあげて唄った歌が、そのまま私がかかえている私の日本です。いやそれが私の植民地なのです。今もって私は『おぼろ月夜』に情感をゆすぶられます。瞼(まぶた)がおぼろにもなります。そのような歌でしか振り返れない少年期をみじめとも思い、かぎりなくいとおしいとも思います。」

「植民地統治があくどく、厳しいものであったということはまぎれもない歴史的事実」だが、子供たちはやがてそれを良きものとして受け入れていく。「過酷な暴圧や強制によってよりも、むしろもっとも心情的なごく日常次元のやさしい情感のなかでそうあってはならない人がそうなってしまう」のだ。当時と現在の自分の心を繊細に洞察する詩人の言葉は、「国語常用」のための「罰券」を使った「スリリングなゲーム」や、皇民化教育を心から信じ生徒を殴った朝鮮人の教師の話なども含め、植民地支配の実態と本質を語る貴重な証言である。

「解放」（十七歳）以後についても、歴史に翻弄される一人の個の体験と真実が綴られていく。「その『解放』に出会ったとはいうものの、実際はこれがお前の国だ、という『朝鮮』に、いきおい押し返された私でした。」「白日にさらしたフィルムのように私の何もかもが真黒にくろずんでしまって、励んで努めて身につけたせっかくの日本語が、この日を境にもう意味をなさない闇の言葉になってしまいました。」そして必死で母国語を習得し、朝鮮人としての自覚を深めていく。「私の無知さ加減がいかに帝国日本のまみれたものであったかを痛く思い知らされて、（略）それだけに発奮して集会に行き、学習所に通い、ひと月ちかく息もつかせぬほどの忙しさのなかで国語の勉強に明け暮れました。」

だがすぐに南北は往来出来なくなる。「解放軍のはずのアメリカ軍が進駐してきて、せっかくの『解放』にありついた南朝鮮に軍政を敷き」「あっという間に元の木阿弥の旧体制が息を吹き返した」のだ。四五年末にモスクワ協定。だが「解放後の南朝鮮における民族的不幸の始まりは、まさにこの『信託統治』をめぐっての左右対立の激化であった」のである。

「ようやく自覚をもちはじめた私は、朝鮮人としてまっとうに生きるためにもこのような輩（筆者注：親日右翼）の身勝手さを見すごすわけにはいかない。やはり『解放』は正しくあるべきだ、と心に決めて踏みきった入党（筆者注：南朝鮮労働党、略称「南労党」）でした。」

「国が奪われたときも、『解放』されて戻ってくるときも何ひとつ関わることのなかった自分が、今は確信をもって祖国の命運に関わっていけるのだと、自分の青春がようやく開かれてくる思いでいっぱいでした。」

だが三・一節事件後全島ゼネストは鎮圧される。「私が見た最初の屍体（筆者注：殺された同志の）です。片方の眼球がドロッと、うつ伏せた横顔の片えに落ちていました。」そして「『信託統治』の可能性はもはやなくなり、北朝鮮が進めている『民主基地確立論』が俄然、現実味を帯びて迫ってきました。」ついに四・三蜂起――「座して死を待つか、立って戦うか、祖国分断への単独選挙が目前に迫るなかで、ぎりぎりの選択が党員全員にかかってきました。緊張は高まり、私の『多発性神経炎』は、体全体に赤い斑点を増やすばかりでした。」

「ついにきたった四・三の日の未明は、澄みきるばかりに晴れ渡った肌寒い夜明けでした。午前一時を前後して数あるオルムから烽火が噴き上がり、あちこちから武装蜂起の信号弾が青白く打ち上がりました。」

「四月いっぱいは神話が神話を生む期間でした。討伐特攻隊が大挙派遣されてきて制圧に血道をあげても、民衆はどこかで上がる狼煙を見上げては自分たちの思いを晴らしてくれていると、正真手を合わさんばかりに共感していたのです。」

「よもやこの程度の小規模の抗争が、何万人もの犠牲者を出す呼び水になろうとは　南労党関係者にとどまらず島民の誰にとっても、想像すらつかなかったことでありました」

蜂起直後から、米軍政の密命によって非道きわまる「焦土化作戦」が始まる。村ごとに「アカ」を探し出し、毎日のように公開処刑を繰り返した。個人的な怨恨により密告された無辜の者もいた。「城内にひそむ後衛部隊の私たちももはや、討伐隊本陣のただ中で息をひそめている、取り残された使い走り程度のものでしかなくなっていきました。」

虐殺は身近な親族にも及び、郵便局での火炎瓶闘争に失敗した金氏は、父の奔走のおかげで済州島を脱出する。無人島の岩場にへばりつき、密航船を待った四日間の恐怖と不安、すしづめの闇船での密航の記述からは、早まる鼓動が聞こえるようだ。船が日本の領海内に入ると、金青年は肌身離さず持っていた「赤い薬包紙」の包みを海に放った。青酸カリ。スクリューの白波に消えていく赤い包紙のイメージが、読む者の心に安堵と共に鮮やかに焼き付けられる。

見知らぬ異国に降り立った天涯孤独の若者は、やがて猪飼野に辿り着き、苦難の生活を経て「〈在日を生きる〉という命題」を獲得する。左翼活動、小野十三郎の詩との出会い、民族学校での教員生活、吹田事件、詩誌「ヂンダレ」、組織からの批判、長編詩集『新潟』出版。その後在日外国人初の公立高校教員として十五年務めた後、九八年、四十九年ぶりの故郷訪問が実現するところで、回想記は終わる。だが氏の実存にいまだ本当の解放は訪れていない。現実の政治的次元でも朝鮮半島の分断は深刻化し、在日の人権は弾圧され続けている。この書に響きやまない「解放とは一体なんだったのだろう」という切実な問いかけに、私たち日本人は耳を澄ますべきだ。私たちは他者が今も負う歴史的な傷の痛みを知ることで、初めて本当の意味で自分自身にも出会えるのだから。

5　新たな「共同性」を希求する声――橋本シオン『これがわたしのふつうです』（あきけ書館）

「死にたい」。夜ごとどこからともなくツイッターに呟かれて消える、流れ星のような言葉たち。呟く一人一人の理由は切実でも、ネットでそれは匿名のひらたい文字でしかない。よるべない死への思いは時に邪悪な狼の餌食になることもある。だが無数の四文字を懐胎する闇には逆説的な、だがアクチュアルな「共同性」が濃度を増しつづけ、人間の危機の叫びがひしめき呼び合う。本書は人々を「死にたい」という孤絶に追いつめる東京の非情を、「死にたい」という「共同性」が溶け合う夜空の深みに向かってうたう。

作者は二十歳の時鉄塔のある町から鉄塔のない東京にやって来た。そしてそのまま心を病んだ。「二十七歳で死ぬと思っていた。気づけば、二十八歳になっていた。」「社会に馴染めないからそのうち抹消されるか自滅するしかないと思っていたけど、リビングデッドで生きながらえて、やっぱり結局死んでいるのと一緒なのかもしれない。」「そういう心をどうにか吐き出したくて、残された手段が書くことだった。」「社会にも東京にも居場所がないと被害妄想で武装した私が、死にながら生きるために、私はふつうだと許しを乞うために、書いた。」（あとがき）上京＝罹患後の七、八年間に体験した首都の非情が、痛苦と閉塞感の底から描き出されている。いつしか人に根を張り逃れさせなくする悪性新生物（？）東京の美しさと、東京の非情の血に侵されていく不安の脈動のまま、「死にたいから生きるしかない」詩人の等身大の言葉が、外気に裸形にふるえている。病む苦悩の中で破綻もいとわずもがき取った言葉が、「死にたい」闇の恐怖とぬくもりをリアルに伝える。

白眉は、巻頭の行分け長編詩「鉄塔の真下、のいちごのカクテル」だ。貧しい母と娘の情愛を描く物語詩だが、作者自身の体験もモチーフらしい。「あらすじ」はこうだ。母と娘は鉄塔の真下の四畳半の小屋で暮らしている。鉄塔は「何かから逃げて」きて、「汚れないものだけを／選んできた」母がようやく見つけた「ゆりかご」、海から遠いのにいつも涙と羊水の「磯の匂い」が漂う母胎だ。そこで二人は母が爪で剝がし採る、小屋の下に群生する貝を食べ、身を寄せ合う胎児のように生きてきた。だが成長した娘は広い世界を求め始める。近所の老女にタバコと「東京への電話帳」をもらい電話をかけ続け、社会と他者と性と「世界という名の世界があること」を知り、ついに一人旅立つ。夜は極彩色だが昼は「墓石の色」をした首都へ。その片隅の「性のない酒場」で「いちごのカクテル」をあおり、鉄塔の形の影を落とし、東京に侵され脳を極彩色に輝かせて、遥かな母を想っていく。一方鉄塔の真下に残された母は、頻の下に貝が増えるほど泣き、娘の帰りを祈って爪を削りつづける。やがて娘は老いた母の元へ戻り、その「丸くきしんだ背中に」「熟した手を／置いた」――そのように終わるこの作品は言わば娘と母双方の「成長物語」であるが、短い行の鋭敏な運び、イメージの細部の鮮やかさもあいまって、やや幼さを残した言葉の柔らかな触角がこちらの琴線にふれてくる、非情を乗り越える情愛の詩でもある。

残り十二篇の散文詩では作者自身が直接東京に向き合う。

「みんなが吐き出す死にたいという言葉で、とうきょうの空は真っ黒だ。星もきれいに塗りつぶされて、遠い電車の走る音だけするけど、ここはいたって普通の住宅街。そのなかに、わたしの小さな国家。」

「大きな国家に内包される犬畜生みたいなわたしたちが生きていくための、国家のルール、がある。」

（「わたしの国家」）

東京の片隅の、大きな国家の中の小さな国家の逃れがたさの中で書かれた詩群である。並んで吸うタバコの火のように、ネオンの瞬きのように「泥のついたさみしさ」を感じ合う、新たな「共同性」を希求する声がたしかに聞こえる。

時に言葉の甘さも眼につく。だが今泣きじゃくりながら「死にたいから生きるしかない」と声をあげる詩人が必要なのだ。現代詩の予定調和を瓦礫にして、痛みに赤く燃える指がこの夜空に描き出す未知の星座が待たれている。

6　「世界の後の世界」の美しさを信じよう

——福島直哉『わたしとあなたで世界をやめてしまったこと』（書肆子午線）

人は他者をどんなに愛しても、やがては愛する他者の消滅に直面する。それが死であれ別れであれ、愛する他者の消滅後、人には悲しみの海辺がとめどなく拡がりだす。その海辺を人はどこまでも旅するしかない。わずかに足跡を残して。本詩集の主体は、愛する者の消滅した時空で、記憶の細部と痛みにいのちを与えられながら、生死の波打ち際を歩みつづける「わたし」だ。「わたし」の「思い」が空虚と擦過し、「微かな痛みや小さな放電」となる。不完全で破線的なものとして、そうあろうとしている。

「波の音はいつまでも鳴り響いているだろう。空はいつまでも青を広げているだろう。やがて誰もいなくなった浜辺には光や風が届いてくるだろう。そして誰かが残した足跡からは思いが溢れてくるだろう。わたしやあなたの思いも溢れてくるだろう。光に照らされて、生きている人々の、死んでしまった人々の、すべての思いが溢れてくるだろう。そうして、すべてというすべての思いが風に乗って、これから生まれてくる人々に向かってゆくだろう。」（「あとがき」）

「あなた」の消滅は、少なくとも断片的には事実にもとづくのか。一方それは詩だけが可能にする純粋な虚構でもあるだろう。いずれにしてもここにある詩は挽歌ではない。なぜなら挽歌とは他者が消滅した彼方へ、「思い」をつよくうたうものだが、ここにあるのは「彼方」ではなく「宙」だから。そこで「思い」はただ循環する。息が上昇し雲になり、雲が雪になって降るように。生と死が入れ替わるように。何度も「あなた」は生まれてくるが、観覧車で追いかけるように「わたし」は永遠に追いつけない。「わたし」は「あなた」へうたえない「喉を潰した獣」であり、「隔たり」に触れ「隔たり」に生かされていく。言ってみればこの詩集にあるのは「あなた」への、というより「あなた」との距離への恋歌だ。「宙」から空虚をずらして回す軋みを伴った、声なきうただ。

ではそのような「宙」しかない循環の内面空間で、「わたし」は「あなた」にどのようにして「思い」を伝えるのか。それは「ふるえ」によってである。

「ふるえていることだけを／使命とされたふるえを見つけ／振動するためだけの振動に／一万年前の記憶が宿ったとき／その記憶を思い出すために／あなたは土に還ってゆく／その頭上では鳥が鳴いている／姿を見せずに呼んでいる／わたしは伸ばしてはいけない腕を伸ばし／やってくる子どもが空を飛んでゆく」

（「透き通る道」）

この箇所では死者が土に還るのは、ふるえる粒子となり「一万年前の記憶」に共振しようとするからだという不思議な死生観が表現されている。総じて作者の言葉の選択は時に直観的飛躍的であり、詩行の配列も断片的だが、この「ふるえ」を受容し読んでいくと、やがて不思議な景色たちが浸透するように見えてくる。無数の魂や牛が灰にならずに燃える街、漣が椅子を置く水平線、燐光の流れる川、黄色い車輪が降らす傘の舞う中空、延々と透き通る道、発光する海岸線、カタカナの首都、空と地から列車が駆け抜けるプラットフォーム、時間の外へ帰る鳥たち、「あなた」と二人で故郷を探した彷徨の記憶、そして「あなた」との距離さえ奪う骨のように白い風——。イメージはどれも屹立せず、空白と均質であり、半透明な「わたし」の「思い」、あるいは風のような祈りにふるえている。「あなた」の死後の果てで、「わたし」が「わたし」の死を一瞬発光して通過するまで。

「あなた」の死後に「わたし」自身の死の予感が重なり合い透き通った時、澄明な記憶のガラスがふと差し挟まれる。その向こうに「思い」の結晶として閃く「世界」は、末期のようにあるいは生まれたてのように、美しい。

「宙に浮かぶ塵や埃／原子や分子が／にわかに発光し始める病室では／あなたの冷たくなった頬に／綺麗な鉱物が流れ／月夜は残響の海になる。／遡行する時間の狭間で／記憶の満ち引きが行われ／皮膚に挟まっていた微熱が／海に溺れて漁火のように灯る／少しずつ失明していく空に／浮かぶ僅かな星を／指でなぞっていけば／瞼の裏側から／ぽろぽろと／砕けた雲母が零れる」

（「春の匂いが染みっいて」）

「あなた」の死後と「わたし」の死の予感を賭け、「わたしたち」が「世界をやめてしまった」後の、「あきらめたあとに広がる景色」は、悲しみに強いられたものだからこそ美しい。その「世界の後の世界」の美しさを信じられるうちは信じよう。そして「悲しさこそ悲しみとして」震えるかたちを獲得しよう――この詩集はそんなかすかなひとすしの詩論を歩いた、言葉たちの手記でもある。「幻想も現実もなくなった」現在の裂け目として、詩が発光している。

7　この青からより青なる青へ——荒川源吾『歌集 青の時計』（私家版）

白地にタイトルと名前だけを刻印したシンプルで美しい表紙。前後の見返しには著者の住む町なのか、郊外の濃青の夕暮れの写真が刷られている。どちらもこの歌集の内容を見事に象徴する。前者は集中の歌「立つものが全て時計になる真昼晴天（はれ）の雪野に青く正午（ひる）をさす影」、後者は「暮れて尚空のあかきはひんがしの暗きに兆す空の陣痛」を連想させる。光と闇、生と死、時間と永遠——それら根源的な裂け目に、裸形の魂で触れた痛みと歓びから生まれた歌々がここにある。まさに「夕雲を葡萄百顆のいろにそめ日は熟れ闇の大壺に落つ」の、「百顆」の生命となって迫る。

「青の時計」というイメージの端正な美しさとそれゆえの未知の痛覚を、どこか感じつつ読み進めると、「立つものが全て時計になる」の「時計」のイメージが、作者にとっての短歌の立ち姿そのものだと思えてくる。一首一首にそれぞれの唯一の生の時間が、樹液のように静かに立ちのぼる。だが短歌とはそもそもそのようなものではないか。それは記録でも記述でもなく、虚空の青に吹きさらされる人間の、より美しい世界への祈念であることを、この歌集は鋭く教えてくれる。空の高みでもあり地の底でもあり、受容でもあり拒絶でもある青に、木々のごとく吹きさらされる者だけが、そこに隠された声々を聴き取りうることを。

詩歌とふ迷路にあれば聞え来る語られなかつた底ごもる声

この「声」の主は、非業の死者でもあり石でもあり、火でもあり風でもあるだろう。あるいは声は森羅万象のまなざしとなり、死を意識した作者の魂に、今こそうたえとかき立てるようだ。この深みから別の深みへ、この青からより青なる青へ、と。

自己、他者、社会、自然——『青の時計』はそれらに私たちが向き合う時間を、生の痛みと歓びとして深めるよすがとなる歌集だ。白を汚しながら読み返し、白に書き込み続け、私自身の「時計」にしていきたい。

8　魂深くから聞こえる月母神の声――高良留美子『その声はいまも』（思潮社）

表題作「その声はいまも」は東日本大震災時津波が迫り来る中、防災マイクで最期まで避難を呼びかけた南三陸町職員の女性の声をモチーフとする。「〝ただいま津波が襲来しています／高台へ避難してください／海岸付近には／絶対に近づかないでください〟」と声を放ち続けた彼女を、やがて津波は呑み込んでしまう。津波自身の意志からでなく、自然としての自らの宿命に暗澹と突き動かされながら。だが彼女の声は津波の底に響きのこり、むしろ津波の虚無を救っていく。

「わたしはあの女の声を聞いている／その声のなかから／いのちが甦るのを感じている／わたしはあの女の身体を呑みこんでしまったが／いまもその声は／わたしの底に響いている」（末尾部分）

犠牲者の生への意志が津波に甦生の兆しをもたらすという逆説に、私は深い感銘を覚えた。自然災害に巻き込まれた運命に犠牲者が最期の時において対峙しうるのは、他者を救おうとする声、あるいは他者には生きてほしいという祈りによってだけなのだ。戦争についても恐らく同じことが言えるだろう。殺された者の無償の声が殺した者の内部に届く。そして殺した者は声の残響の中から甦生する——。それは「絶望」と地続きではあっても、あるいはだからこそ闇深い生命の母胎へと向かいうる、未知の「希望」ではないか。

表題作を含む第一部のテーマは、東日本大震災。津波に浸食され無意識から誘い出されたように氾濫するガンジス河畔を彷徨う夢の情景、歴史の残酷な場面の幻視、詩人が長く研究してきた諏訪の月神信仰に触発された詩などが収められる。「希望という名の」には、詩人が学生時代に参加した文化運動誌「希望（エスポワール）」が出てきて興味深い。第二部は戦争。一九三二年生まれの詩人が来歴を語る散文詩「戦争のなかで生まれて」では、幼年期の感覚に刻印された生と死の記憶が濃密に立ちあがる。「頭上から襲う巨大な鉄の暴力の下で」知らされた人間の無力、廃墟が見せつけた物の裸形、新たな時代と対峙する鋭い覚醒——詩人の原点をまざまざと見る思いがする。第三部は出会いと別れ。働く女性への差別撤廃に力を尽くした弁護士中島通子氏への追悼詩「海の色の眼をしたひとへ」は、「その声はいまも」と響き合う。第四部では亡き夫と母が夢に立ち現れる。かれらのイメージは感傷的ではなくむしろ物質的前衛的で、死者たちが今も手放さない意志のつよさを感じさせる。

本詩集全体から伝わってくるのは、戦中戦後の「絶望」と「虚無」から詩の力を汲み、「希望」を意志し続けてきた詩人の、「死と再生」への痛切な祈りと、大震災に打ちのめされた魂深くから聞こえる月母神の声である。

9 危機感と絶望の中で自身の実存を守るために

――テンジン・ツゥンドゥ『詩文集 独りの偵察隊』（劉燕子・田島安江訳編、書肆侃侃房）

作者はインドの亡命チベット人二世。一九七四年中印国境で道路工事に携わる両親の下に生まれた。労働に疲れ果てた両親は彼の誕生日も覚えていない。「生まれながらの亡命者」詩人だ。フリー・チベットのアクティビストとしても知られるが、その活動と詩作は詩人の中で「手に手を取りあって共存している」という。危機感と絶望の中で、自身の実存を守るために詩を書いてきた。

「ぼくは書き続けなければならない。何故なら、ぼくの両手は小さくて、ぼくの声はかすれてしまうから。書くことは、ぼくにとって贅沢ではなく、必要なのです。」

国家の暴力に追いつめられた個人が、言葉という最も小さな非暴力によってどのように生き直していけるのか。

第一部に収められた二十一篇の詩は、異郷で生まれた亡命者の痛みを生々しく伝える。

「ぼくが生まれたとき／おふくろは言ったんだ／お前は亡命者（refugee）だよ／わが家は

道路脇のテント／炊煙は雪にしみ込む／／お前たちのおでこと眉のあいだには／Rという字の烙印が押されているんだ／ぼくの先生は言った／／おでこをひっかいたりこすったりしてみたけど／見えたのは／緋色の鈍痛（red pain）だけ」

（「亡命者」）

ダライ・ラマ法王とカルマパ（チベット仏教カギュ派の最高位十七代目）以外は、亡命者として認定されていないという。ならば亡命チベット人二世とは一体何者か。

「ぼくはテロリストだ／殺したい／／角だってあるぞ／二本の牙もだ／それにトンボの尻尾もあるんだから」（「ぼくはテロリスト」）という一節の背景には、今のチベットで独立派はテロリストとも目されるという事実がある。だが詩「亡命者」では亡命者の「R」を「独立」と「自由」の頭文字へ、詩「ぼくはテロリスト」ではテロリズムを「生命」へねじ伏せるように言い換え、自身の尊厳を勝ち取ろうとする。

チベットに潜入しそこで逮捕された時の体験を素材にした「国境をくぐり抜ける」、チベットへ向かい集団で行進した時の記憶を綴った「いかに歩いたか」はまさに「証人」としての詩である。

「頭上では爆撃機が旋回している／恐怖に襲われた子どもたちが悲鳴をあげる／ぼくは子どもたちをぎゅっと抱きしめる／疲れ果てて手足がバラバラになりそうなのに／／ぼくの信心がぼくに警告する／進まなければ、ここで死んでしまうと／こちらに娘、あちらに息子／乳飲み児を背負い、やっと雪原にたどり着いた」

（「国境をくぐり抜ける」）

「ボブ・マーリーを真似て／ボリウッドの馴染みの歌／「旅は美しい（スハナ・サファル・ハイ）」を歌った／（略）／九十九日間道路わきで眠った／郷里のことだけを想い、中国の銃弾や／チベットの刑務所の猥雑な物音を思い浮かべながら／九十九日間インドの人たちに「こんにちは（ナマステ）」と言った／道中出会うたび／雨に降られ、雷雨に打たれ／ラドラプルの焼け付くような暑さに見舞われるなか／歩きながら新聞を読み／しかも路上の柔らかい牛の糞を見逃さないように歩いた」

（「いかに歩いたか」）

この二篇は体験を後世に伝える詩でもある。亡命が長引く中で先行世代が亡くなり、なぜ自分たちがチベットから亡命したのか、中国軍に侵略される前の「自由なチベット」とはどのようだったのかを語る人がいなくなることを作者は危ぶむ。作者の詩もまた子孫への伝言なのだ。一方惨めな亡命生活が永遠に続くかのような絶望の詩もある。だが生きるためには絶望を希望に転じなければならない。雨季になると水浸しになる自室で、希望が首をもたげる詩「ダラムサラに雨が降る時」がいい。

「ダラムサラに雨が降る時／ボクシンググローブをつけたかのような雨粒が／何千と落ちてきて／ぼくの家をドンドンとたたく／ブリキの屋根の下で／ぼくの部屋は泣きじゃくる／

ベッドも原稿もびしょ濡れになる／／時々ずる賢い雨が／部屋の裏から奇襲攻撃／壁は裏切って／隙間から洪水を呼びこむ／（略）／ここを抜け出す活路はどこかにあるはずだ／だからぼくはもう泣かない／ぼくの部屋は／もう十分びしょ濡れなのだから」

フリー・チベットの活動が、作者の詩の根に養分をもたらす。

「詩はしばしば普段のアクティビティから生まれます。ホテルのファサード（建物の装飾を施した正面）によじ登ることが『フリー・チベット』という表現になるように。」

「自由なチベット」が実現する日は来るのか。だが詩と行為が一体化した難民二世の詩人には、未来を確信する以外に生きる術はない。「自由なチベット」とは「自由な中国」、「自由な世界」でもある。自由が存在しない恐怖を肌身で感覚しつつ、自由を求める非望を呼吸しながら、作者は活動しては書く。書いては活動する。マスメディアやネットの情報には決して映しだされない亡命者の魂の真実を、世界に向かって訴え続ける。

亡命者の痛みはじつは私たちにもある。今を生きる誰しもの心の奥には、グローバリズムとナショナリズムに個の自由を押しつぶされ、魂の故郷を奪われる痛みが息を潜めているのではないか。本詩集は読む者の中に眠る亡命者の痛みを叩き起こす。その痛みからこそ生き直しうるということを教えてくれるのだ。

Ⅳ 時評

1　タブーと向き合えない弱さ――「表現の不自由展・その後」中止に寄せて

あいちトリエンナーレの企画展「表現の不自由展・その後」が、「平和の少女像」や昭和天皇を題材にした作品を標的とする脅迫が相次いだため、開幕三日で中止となった。特に京都アニメーションの放火事件を利用した脅迫が、関係者に大きな動揺を与えたという。表現の不自由を訴える自由を、主催者が自ら手放す結果となった。

脅迫を受ける個人の恐怖は計り知れない。だが今回行政側は個人の恐怖を口実に公的な責任を放棄し、主催者側に有無を言わさず展示をやめさせたとしか思えない。しかもそこに政治家の歴史修正主義的な思想も関わっている。河村たかし名古屋市長は「(少女像は)日本人の心を踏みにじるものだ」と恫喝し、展示中止を知事に働きかけたという。さらに菅義偉官房長官がトリエンナーレへの補助金交付の検討について言及。批判や脅迫を勢いづかせた。

この国で表現の自由の息の根を止めるのは、何とたやすいのか。「ガソリン缶を持っていく」と一本電話を掛ければ良い。あるいは誰かがこの国のタブーに触れる作品の存在を、ネットで拡散すれば良い。右傾化した為政者たちは、犯罪者を断罪するよりここぞとばかり表現者側を弾圧する。煽られた大衆は弾圧を支持し、さらに表現の自由は奪われていく――。

同じ表現者として身につまされるのは、作品の一部だけを見て「反日」「不敬」といったレッテルを貼り、自己の存在を賭け制作した作家の思いが歪められ、嘲笑され抹殺されたことだ。作家の思いは作品全体と鑑賞者との時間をかけた沈黙の対話によって、個から個へ伝わる。そのかけがえのない機会が暴力的に奪われてしまった。名古屋市長は十五分の視察で恫喝したというが、まさに特高警察ではないか。

金曙炅（キムソギョン）・金運成（キムウンソン）「平和の少女像」は「慰安婦像」という俗称でバッシングに晒され、先の名古屋市長のような反応を広く引き起こした。だが像の隣には空いた椅子がある。それも作品の重要な一部だが、言及されることはあまりに少ない。椅子の空虚は多義的で、鏡のように見る者の心を映し出す。反日と罵る者も自らの空虚に見つめられる。少女の足や影に凝らされた意匠も含め、少女像には反発する者の集団的な心性を我に返らせる仕掛けが施されているが、マスメディアはそこを映し出さない。

大浦信行「遠近を抱えて」は「昭和天皇の肖像をコラージュした自作を燃やす映像作品」が、「不敬」だ、「御真影を焼いた」と非難される。だが今の世に不敬罪など存在しない。また展覧会のHPを読めば、そうした批判が事実に反することも分かる。本作は一九八六年、富山県立近代美術館での展覧会終了後、県議会や地元新聞で批判され、右翼団体の抗議もあり、図録と共に非公開となった。そして九三年、美術館が売却し図録の残部も焼却した。つまりそもそもは作者の方が公的機関によって図録の中の「自作を焼かれた」のだ。未見だが「自作を焼く」という映像はその痛みを伝えるものだろう。HPには作者の言葉もあり、天皇の写真を用いたコラージュが、戦後生まれの日本人としてのアイデンティティと向き合うために見出した独自の手法だと分かる。

アートは見る者の無意識に沈むものを可視化する。本展は本質的に、日本人の無意識に潜む不安や罪悪感を可視化したから再び弾圧されたのだ。だが作家が無意識から湧き上がるものを表現するのは自由であり、誰も止めることは出来ない。タブーだからこそ天皇やアメリカや日本軍「慰安婦」が時にそこに現れるのだ。

今回の事件は、戦後から今まで抑圧してきたタブーと未だ向き合えない日本人の弱さを露呈させた。一方、アートの側は、タブーと向き合うことがこの国の表現の自由の試金石であることを突きつけた。画期的な本展を一日も早く再開してほしい。

※二〇一九年八月一日の開始から三日間で中止された同展は、同年十月八日から再開された。

2　透明な武器で撃つ――京都朝鮮学校襲撃事件を中心に

かつて京都市南区に京都朝鮮第一初級学校という、日本の小学校に当たる在日朝鮮人の子供たちの学校があった。二〇〇九年十二月四日の昼下がり、この小さな学校に在特会という排外主義団体に属する男たちが、日章旗と拡声器を携えやって来た。そして隣接する公園を学校が運動場として使っていたことへの抗議と称し、「日本から出て行け」「スパイの子供」「人間と朝鮮人では約束は成立しない」などと聞くに堪えない差別発言と、サッカーゴールを倒すなどの器物損壊のヘイトクライムを繰り広げた。加害者側がその様子を撮った動画はネットで拡散し、世間にむしろ被害者である朝鮮学校への誹謗中傷をかき立てていったことが事件をより深刻なものにした。そのネット拡散まで含めたものが「京都朝鮮学校襲撃事件」であり、その後刑事裁判でも民事裁判でも加害者に有罪判決が下されている。

私が在日朝鮮人と名乗る人々と初めて出会ったのは、事件が起こる直前の二〇〇九年夏である。そしてそれまで自分には抽象的な問題に過ぎなかった差別が、実際この国に厳然と存在し、いかに生身の人間を苦しめているかを、友人となった人々の表情や声や言葉から知っていった。そんな頃（ちょうど事件の翌日だったと思うが）、たまたまある映画会に足を運んだ。上映後帰ろうとすると「緊急のお知らせがあります」と司会が告げたのに驚いた。マイクを渡されたのは美しいチョゴリ姿の女性。語り出す声は震えていた。「京都初級学校が襲われました。どうか皆さん、お力を貸して下さい。私たちを助けて下さい」。目に涙を浮かべているのが見て取れた。一体何が起こったのか?! やがて再び部屋は暗くなり、スクリーンに映し出されたのが先述の動画だ。紹介されたのはほんの一部だったが、耳と目を疑った。そこに繰り広げられていたのは、野蛮な言葉の刃が思う存分昼間の市井の空気を切り裂く、見えない血の惨劇だった。もちろん実際傷を負わせられていたのは、門を挟んで加害者と対峙する教員たちや駆けつけた父母たちの心と尊厳だった。さらに深刻な被害者は校舎に隠れながら、あるいは後に動画でヘイトスピーチを聞いてしまった子供たちである。かれらの心は未だ癒えていないという。

二〇一〇年に始まった民事裁判を私は可能な限り傍聴した。その中でいくつもの言葉や光景が心に刻まれた。例えば被害者側の証人たちが語る事件当日の生々しい記憶。「一報を聞いて駆けつけたが、車の中まで聞こえて来る怒号が怖ろしく、身体が固まってしまい、動けないまだった」「門の向こうから加害者たちが面と向かって投げつける言葉に、やり返してはいけないと思い必死で後ろ手を固く組み続けた」――。そしてみずからの尊厳を育んでくれた学校への感謝の思い。「それまで嫌な言葉と思っていた朝鮮という言葉が、朝が鮮やかという意味だと教わり、心が晴れた」「堂々と本名が名乗れ、自分をやっと解放出来た」――。それに対し加害者側の証言は余りに身勝手だった。「昔在日の友人に欺されたから仕返しをした」「動画を撮るのがうまいねと言われたから嬉しくて撮った」「事件後ネットでブスだと言われて自分の方がつらい」などという発言に唖然とした。ただ加害者たちをヘイトクライムに走らせたものが、じつは排外主義団体における仲間意識であると知ったのは貴重だった。現実社会で強いられる孤独と果たされない承認欲求が陰圧となり、ネットを通して互いを引き合わせ、やがて一つの集団となってヘイトクライムという犯罪へ突き進んだという流れが見えてきた。

ヘイトクライムをどうすればなくせるのか、という問いに答えるのは難しい。だが加害者たちが仲間に承認されんがために罪を犯したという事実は注目したい。現在の社会には人間同士を引き裂くだけでなく、一人の人間の意識をも引き裂き、仲間を愛する善と仲間以外の者を憎悪する悪、あるいは市井の生活者の顔とヘイターの悪魔の顔とを、矛盾なく同居させてしまう何かが起こっているのだ。

この社会でヘイトクライムという惨憺たる姿へと逆立ちさせられているものは、押し寄せる孤独や不安におしつぶされた人間の人間に対する情愛ではないか。それを無意識の奥から救い出す未知の言葉は、本当にないのか。隠喩、イメージ、ヴィジョンといった詩が磨いてきた透明な武器で、ヘイトクライムを撃てないだろうか。

3　しんぶん赤旗「詩壇」（二〇一八年一月〜二〇一九年十二月）

【二〇一八年】

一月・「若き詩人の胎動」

日本の戦後詩は一九四七年、詩誌「荒地」創刊から始まる。昨年は七十年目に当たったが、詩の世界に戦後詩を振り返る動きが殆ど見られなかった。なぜだろう。

同じく敗戦の荒廃から出発しつつ、「荒地」は詩人のエコールとして主にモダニズムの姿勢で書き、もう一方の雄「列島」は運動体として民衆と結びつき、プロレタリア的手法を取った。今詩を書く者が両者について考えることは、決して無意味ではない。七十年後も戦後の矛盾と精神的な「荒地」は続いているのだから。

だが現代詩の一隅に変化は見えている。現在の「荒地」がもたらす痛みから、もがきつつうたう若い詩人達の登場だ。言ってみれば彼らは、人間を分断させ疲労させ続けた「失われた二十年」による社会の荒廃を、幻視（ヴィジョン）として摑み表現する。書くことは彼らが生き抜くことそのものだ。

佐々木漣（れん）『モンタージュ』（私家版）は、自己同一性の不安、愛の欠如、死への親近感といった人間の危機を、鋭い逆説と不穏な詩性で描き出す。「あらゆる命と戦場にいた」は、止めどなく不可視の戦場と化す社会の真相を突きつける。

「塊が熱い熱いと喚きながら／粗大ゴミのようにコンテナに乗せられ送られていく／あの断崖の先に、落ちるでもなく、飛ぶでもなく／幻の線路を走り　現出した新たな戦場、呼ばれてく／あの国では、死者の多さこそが豊かさの象徴なのだ／やがて見えてくる、彼の地／あれをイマジンと呼ぶのです／訳してください／／暗い虹が見える信仰のない0日目／あらゆる命と戦場にいた／皆、震えていた」（末尾部分）

佐々木は三十代。橋本シオンや魚野真美といった二十代の詩人も現れた。生きるための新たな詩が、胎動している。

二月・「カイロス的時間」

「政治と詩」というテーマは難しい。この国では残念ながら詩人たちにも政治への忌避感が根深いが、そもそも詩という個人的でよるべない言語芸術が、政治という集団的で巨大な問題と向き合うことは、容易ではない。

だが東日本大震災と原発事故は、詩が個人的でよるべないものであっても、あるいはそうだからこそ、政治と向き合う力を持つことを教えたのではなかったか。あの時詩もまた否が応でも政治を突きつけられた。七年前に撒かれた種は今、どのように芽吹いているか。

「現代詩手帖」一月号は批評特集。添田馨「カイロス降臨」は、二〇一五年九月国会前で安保関連法案反対デモに参加した体験に触れる。添田氏は大勢の参加者たちとの一体感と共に、情況と歴史との一体感を感じ取ったという。「カイロス的時間」とは「創造と運命とが一つであるような時間」。デモに参加しながら氏は、過去に「国内外の反権力・反ファシズム闘争」を闘った「顔も名前も知らぬ」「先人たちとの運命的な繋がり」を、リアルに実感した。私も当時国会前にいたが、あの時空の特別な感覚は確かに「カイロス的」と呼べるものだったと思う。かつてそこに立った全ての人々が今ここにいるような、不思議で濃厚な気配と熱気をつかのま感じた。

一方「詩人会議」一月号の齋藤貢「草のひと」は、被災地の「時間」を突きつける。「土に生きる草のひと」にとって、時間とは一瞬たりとも途切れない苦悩そのものだ。

「だから、草のひとよ。／もっと声高に語れ。／ここで安らかに眠るためには／声を荒げて、何度も言わねばならぬ、と。／汚れた土地を放置して、無防備に／世界を置き去りにしているのはいったい誰か、と。」

三月・「〈人間〉を生み出す」

戦争や植民地支配の加害責任を我が身に引き受けて考えるのは、辛く難しい。しかし支えとなる言葉がある。「〈人間〉はつねに加害者のなかから生まれる」。石原吉郎がエッセイ「ペシミストの勇気について」で述べた鋭い逆説だ。

シベリアの強制収容所で目撃した友人の記憶にもとづく言葉だ。誰もが他人を押しのけなければ生き延びられない状況で、友人はつねに自ら不利な位置を選んだ。そうすることで、自身の加害者性と向き合おうとした。その向き合いこそが、加害者だらけの世界で〈人間〉を放棄させず、むしろ深める力を友人にもたらしたのだ、と。

先日韓国の文大統領は、慰安婦問題について「加害者である日本政府が終わったと言ってはならない」と語った。その言葉と半世紀前の石原の言葉は共鳴する。大統領の言葉は日本政府だけでなく、日本国民の一人一人にも向けられている。加害者が自らの責任と向き合うことが〈人間〉を生み出す——この言葉に打たれなくてはならないと思う。

現代詩で加害責任が話題になることはない。一方短歌はことなるようだ。「現代短歌」三月号で戦後世代の大田美和と江田浩司が連作で加害責任と向き合う。近藤芳美と尹伊桑(ユンイサン)をモチーフに、韓国の旅の記憶や哲学者の言葉を織り交ぜつつ、歴史や死者の声に応答し歌い継いだ。

「うす闇にあらしめし世を傷痕を詩としてうたふ静かなる意志」（江田）

「洗足館(セビョンガン)のみを残して破壊せり……いつまでも謝るしかないじゃないか」（大田）

一人称を手放さない短歌の力が、アクチュアルな〈人間〉の歌を可能にした。では虚構や非人称に依拠しがちな現代詩はどうか。どんな回り道であっても目指すべきは〈人間〉の詩である。

四月・「モダニズムの自覚」

現代詩とは、形式とテーマにおいて「絶対に現代的であらねばならない」（アルチュール・ランボー）詩のジャンルだ。では「現代的」とは何か。それは、詩人が自分と自分の生きる時代を考え尽くすことから獲得される、時代を乗り越える言葉の新しさ、ではないか。

現代詩から思想やテーマが消えたと言われて久しい。自己愛や幼い抒情、仲間うちだけで了解しあう曖昧な晦渋さが、実際眼につく。ある種の若い書き手たちは「ゼロ年代」と呼ばれるが、それも年代というより思想やテーマの希薄さを指す。そうした「不毛さ」において、詩が唯一依拠しうる思想があるとすれば、それは「モダニズム」ではないか。希薄さの下ではあれ、誰もが新しさを求めて書いているのだから。問題は書き手が自分の「モダニズム」をどう自覚し、深めていくかだ。

中原秀雪『モダニズムの遠景』（思潮社）は丸山薫、春山行夫、金子光晴を扱う。いずれも一九二〇年代に隆盛したモダニズム詩で、大きな役割を果たした詩人たちだ。特に春山論は力作だ。春山は明治期以来の理論を持たず旧態依然たる詩に、「理論化され、方法化された詩的思考」で対抗した。その詩は現実離れしたメルヘンにも見まごうが、そこには詩を絶対に現代的にしようとする意図があった。戦争詩を書かないことで権力に抵抗したという見方もあるという。

　だがモダニズム詩に生まれたかすかな抵抗の萌芽も、やがてファシズムに摘まれていく。その後戦争詩を書いた詩人もいれば、少数ながらコミュニズムに向かった詩人もいる。その差は何によるのか。一九二〇年代から百年が経とうとする今、モダニズムという視点から今と過去を繋げてみたい。

五月・「平和をうたう訴求力」

　平和をテーマとする詩は今決して少なくない。平和が脅かされる時代に平和を描こうとするのは、自然であるし望ましい。だが詩の世界を超え、市井の人々の琴線に触れる言葉はまだ生まれていない気がする。足りないのは何か。自戒も込め最近ではこう思う。足りないのは訴求力だ。平和な生活を描写したり、戦争を説明したりする力は十分だが、訴求の鋭さはむしろ削がれている——。

　ではこの現在、どうすれば訴求力を獲得できるのか。失われて初めて気づく平和の絶対的な尊さを人々の心に喚起する言葉は。表面的な平和にともすれば眠り込みそうな自分を目覚めさせる言葉は。

　詩誌「午前」（発行人・布川鴇）で神品芳夫氏による連載「詩人木島始の軌跡」が始まった。三年前に出た『木島始詩集　復刻版』（コールサック社）は私に深い感銘を与えたが、氏の連載に触発され久しぶりに読み返してみた。すると感銘のゆえんが、この詩人の訴求力にあったことに気づいた。

木島は一九二八年生まれ。学徒動員先の広島の工場で被爆者の救助に当たった体験を、詩作の起点とする。「黒人詩」の翻訳や絵本の作者としても有名だ。その独特の訴求力は「彫塑的」であり、「闘う姿勢とエロスを含んだイメージ」から生まれている（神品氏）。平和の下での歓喜や愛から、死者の代弁者として平和を訴え、戦争犯罪を鋭く糾弾する。今最も学ぶべき詩人ではないか。

「鳩……………いまや、空を馳せるぼくらの純白の軌跡。／誓って、方位まごうまいぼくらの鳩。」

「鳩」（一九五〇年）末尾部分（注：全文はp.12参照）。この「鳩」は平和の象徴を超え、平和への希求そのものとして、私の胸に飛び込んでくる。

六月・「抗いの意志を刻む」

金時鐘氏の詩集の刊行が相次いでいる。今年二月に『金時鐘コレクション』（藤原書店）が発刊され、『祈り 金時鐘詩選集』（丁海玉（チョンヘオク）編・港の人）、新詩集『背中の地図』（河出書房新社）が続く。これで一九五〇年代に始まる氏の、六十年以上の詩的営為の全貌を見ることが可能となった。この「出版ラッシュ」はひとえに出版者たちの、金氏の詩が広く読まれてほしいという願いにもとづく。

金氏の詩は決して読みやすくない。日本的抒情と対峙する硬質な言葉で、自らに巣くりかつての日本、そして不都合な歴史を消し去ろうとする今の日本を打ち続けるからだ。

「打ってやる。／打ってやる。／日本というくにを／打ってやる。／おいてけぼりの／朝鮮もだ。／とどいてゆけと／打ってやる！」（「うた またひとつ」）

『祈り』を編んだ丁海玉氏は一九六〇年生まれ。詩人であり韓国語の法廷通訳者でもある。「ふたつの言葉にどう向き合えばよいのか考えの乱れる日々」の中で金氏の詩と出会った。丁氏は、朝鮮語を母語としつつ植民地教育で日本語を学び、解放後「壁に爪を立てる思いで」朝鮮語を習い覚えた金氏の詩を、「絡み合ったふたつの言葉で紡いだ詩」と見る。歴史や社会状況にも照らして、自らが感銘を受けた作品をまとめた。

『祈り』は、世代を超え二つの国と言葉を生きる二人の詩人の、まさに共鳴から生まれた珠玉の一集だ。『コレクション』『背中の地図』も合わせ、詩とは歴史の証人であることに気づかされる。歴史がどう変えられようと詩の中に真実は残る。植民地支配の歴史を証し、抗いの意志を刻み込む金時鐘の詩を、未来に伝えようと出版に踏みきった人々に心から敬意を表したい。

七月・「命の苦しみと喜びを分かち合う詩」

沖縄全戦没者追悼式で中学三年生の相良倫子さんが朗読した詩「生きる」は、内容と一体化した真摯な声で多くの人々の心を打った。「私は、生きている。／マントルの熱を伝える大地を踏みしめ、／心地よい湿気を孕んだ風を全身に受け、／草の匂いを鼻孔に感じ、／遠くから聞こえてくる潮騒に耳を傾けて。」と始まるこの詩から、沖縄とはそこに生きる者にとって日々五感で感じるもの、豊かな自然の生命力そのものだと知った。

「阿鼻叫喚の壮絶な戦の記憶」から島はまだ癒やされず、死者たちは声なき声で訴え続けている。未来は「この瞬間の延長線上にある」から、今を生きる者は共に平和を創造していこう――詩はそう渾身で呼びかける。沖縄と本土の溝に詩の声は確かに橋を架けてくれた。その橋を未来へ繋げていくのは、詩を受け止めた本土の一人一人の感受性と勇気だろう。

柴田三吉氏の新詩集『旅の文法』（ジャンクション・ハーベスト）は、東日本大震災以後の七年間の旅から生まれた。福島、沖縄、韓国の人々と関わりつつ、各地で起こっている問題を自分のものとして書かれている。その地の「生活者」でなくとも「当事者」になれる。共に社会を作っているのだから――氏が旅の中で感得したスタンスに深く頷く。被害者と加害者の間の溝を言葉の力で越え、命の苦しみや喜びを分かち合うような詩は、きっとある。

「からだのどこを開けば／取り除くことができるのか／無理に抜こうとすれば　血管も肉

（「棘」）

も／引きちぎられてしまうだろう」

辺野古の座り込みで見た機動隊車両の底には、有刺鉄線が張り巡らされていた。その棘は今も詩人の胸を刺し、痛みの中で彼我の命が共鳴している。

八月・「他者に寄り添う風」

二人の外国文学者の詩集が刊行された。中国文学者池上貞子氏の『もうひとつの時の流れのなかで』（思潮社）と英文学者向井千代子氏の『白い虹』（青娥書房）。両氏は共に敗戦前後に生まれた。

二冊に共通するのは、多くの詩が他者のために書かれ、他者への愛の中で詩性が輝き出していることだ。そうしたスタンスは、文学の翻訳に携わる中で培われたのだろうか。翻訳とは自分の言語を他者の言語に寄り添わせる仕事だからだ。

池上氏の詩集は「故土を追われた人たちの哀しみ」に想いを馳せる。ネイティブアメリカン、亡命作家、原発被災者だけでなく、今を生きる者全てがじつは流浪の民だと看破する。キーワードは「風」。作者は、故郷に戻ることなく米国で亡くなった作家張愛玲（チャンアイリン）の終の住処を訪れた時、死者に寄り添う優しい風となった。

「あなたはもう拒むこともできないのに／ためらわれるのですが／いましばらくここにい

させてください／わたしは風です」

（「風」全文）

向井氏の詩集は友人たちに捧げられる。「白い虹」とは自分に「勇気を与えてくれる友人たちの光の総称」である。人間関係を大切にして書く姿勢を、氏はE・M・フォースターに学んだ。この詩集でも他者や自然に触れ合おうと、風が吹きわたる。「パブロ・カザルスの『鳥の歌』」では故郷と平和を願うカザルスの弦と共鳴し、幻の鳥を風は追う。

「青空／山々／風／雲が流れる／／カザルスが声を上げる／鳥と化したカザルスは／翼を広げ／翔び立つ準備を整える／／うち震えるピアノ音に乗って／鳥は空に消える」

詩は他者に寄り添い、思いに共鳴する風になれるのだ。

九月・「沖縄の深さと激しさ」

清田政信『渚に立つ——沖縄・私領域からの衝迫』（共和国）が出た。清田氏は一九三七年久米島生まれ。大学在学中から詩を書き始め、米軍政下の六〇年代から復帰後の七〇年代にかけ、沖縄の詩人の中で最も精力的に詩と評論を発表した。だが八〇年代後半病を得て、今も療養を続ける。本書は八〇年代前後に書かれた世礼国男、伊波普猷、折口信夫、柳田国男などをめぐる論を中心に編まれるが、沖縄思想を論じつつ、自己と風土の間にある葛藤を詩的な言葉で考察する。

私が氏の詩集に初めて出会ったのは二年前、那覇市立中央図書館に立ち寄った折だ。読むとすぐに詩のはりつめた美しさに惹かれた。どの言葉も現実の不条理に抗い、身をよじり何かを訴えていた。同時にそれらは沖縄の海と律動を共にし、波に洗われたように清冽だった。

「言葉を失ったら／彼方へ眼を投げてみろ／遠い内部が泡立ち海になるとき／錘りになって沈んでいくのさ／島では地のうねりを渡って／思考が崩れる　ほら　びろう樹は／古代の風に向って畏怖におののいたぞ」（「風の覇権――久米島へ」）

例えばこんな一節から、詩人の感受性がいかに故郷の風土に育くまれたかが分かる。方詩人が米軍政下でシュルレアリスムの作風で書き始めたのは、自分の心の秩序を沖縄の現実と「同じ次元まで破壊して均衡をたもつ」ためでもあったという。

かつて翁長雄志知事は、本土のために一方的に犠牲を強いられ続けてきた沖縄には「魂の飢餓感」があると語った。清田氏の詩が四十年以上前の過去から突きつけるのも、心にのしかかる軍政の抑圧に打ち砕かれまいとする飢餓感だ。

沖縄には感情の歴史がある。かの地の詩人を知ることは、その深さと激しさを知ることでもある。

十月・「ひとすじの抵抗を選んだ詩人の旅」

岩倉文也『傾いた夜空の下で』（青土社）は、二〇一六年から一八年までに書かれた詩、ツイート、短歌を収める。「僕にとってこの本は、僕の代わりに死んでいった、言葉たちの墓標です」と作者がツイッターで述べるように、本詩集には、生の危機感の中で摑みとられたと見られる言葉がひしめく。絶望に抗い生きるために記された言葉に、読者は身を晒すしかない。この世界の絶望に共に向き合うために。

十八、九歳頃の表題作で作者はすでに、自己と世界との関係を的確に描き出している。

「ぼくは自分の孤独を守るために／目だけをぎらぎらさせて／遠くシャッターが下ろされる音に／じっと耳を澄ましていた／濃密な土のにおい／むせ返るような街の夕焼けも／とっくに摩滅しきって今は／空にはどんな反映もない」

高校中退以降生きるために詩を書き続けて来たという。社会からこぼれ落ちそうな不安が、思考を深め感受性を研ぎ澄ましたのだろう。やがて詩と出会い雑誌へ投稿を始め、数々の賞を受ける。

詩の時空はどこかつねに震えている。明示はされないが、一九九八年福島生まれの作者が体験した3・11の記憶が、関わっている筈だ。地面と空は傾き海は恐れられ、雪降る町は廃墟のイメージだ。大震災と原発事故がもたらした故郷の喪失に、詩によって本質的に関わろうとしている。安易な希望や絶望を拒み、言葉によるひとすじの抵抗を選んだ詩人の旅を支持したい。「ららららと雪ふる朝の国じゅうに苦痛にうめく俺がいるのか」「はるのあさ　よごれた雪をつかみとる僕らはいつもいつもいつも祈りだ」。孤独の深まりで聞いた声々に突き動かされ、さらに新たな詩に向かっていくのだろう。

十一月・「直接性の火を放つ」

「もし、あなたが、プライド守るために、その尊い拳を握ろうとしているのなら、ペンを持って握って欲しい。殴り書きから始まる詩が、確かにあるということを僕が証明していきたい。このなかなか、言うことを聞いてくれない、決して自由とは言えない身体で。」

第四詩集『赤い内壁』（海棠舎）で、作者の須藤洋平氏があとがきに記した決意表明だ。須藤氏は一九七七年生まれ。「トゥレット症候群」と三十年間闘ってきた。脳の神経伝達物質の異常が原因のこの病への、社会の理解は進んでいない。二十五歳で診断されるまで、氏はチック症状を誤解され虐めや暴力に遭うこともあった。プライドを傷つけられ死へ誘惑されつつ、生きる証として詩を書き続けた。

冒頭の決意の背景には東日本大震災がある。南三陸町に生まれた氏は、近親者を含む多くの人の死を経験した。第二詩集で深い追悼から新たな生を模索し、第三詩集で悲しみと苦悩に再び向き合う。第四詩集で登場人物たちは皆どこか死者の気配だ。作者は死者の側に立ち、徒手空拳で生者の忘却と冷笑に立ち向かう。血や性や殺意といったモチーフと文脈の飛躍と混乱の中から、傷ついた魂の声を上げながら。

「家畜のように辛抱強く怯えながら／破れたレースの前で歌え！／端から端まで歌え／焼けた喉の奥からどこまでも這ってくる臭い虫／さすればきっと、／カモシカも歌うだろう／みみずくを決して飛ばすな／／やがて聞こえてくるだろう／やれ、乱脈した魂とやらが／糸を引く音が」（「ペンを取れ！」）

苦悩の中で研ぎ澄ました言葉の切っ先が光る。自己を励ますことで他者を励まそうとする。記号性に頼りがちな現代詩に、直接性の火を鮮やかに放つ詩人だ。

十二月・「夕焼けは、いらんかねぇ」

齋藤貢『夕焼け売り』（思潮社）は、今も見えない放射線の恐怖と向き合う核被災地の痛みを、類い稀な詩的幻想の力で伝える。聖書の楽園喪失と、一粒の麦としての「ひと」のイメージが作り出す不思議な時空は、古代でもあり未来でもあるように思える。訥々とした語りは原初の闇をかき分け歩むようだ。光は見えないが、光を求めてやまない悲しみ自体が光となり、こちらの胸に突き刺さる。

表題作「夕焼け売り」は無人の町が舞台だ。

「この町には／夕方になると、夕焼け売りが／奪われてしまった時間を行商して歩いている。／誰も住んでいない家々の軒先に立ち／「夕焼けは、いらんかねぇ」／「幾つ、欲しいかねぇ」／夕焼け売りの声がすると／誰もいないこの町の／瓦屋根の煙突からは／薪を燃やす、夕餉の煙も漂ってくる。」

もはや想像するしかない帰還困難区域の夕方の幻想的情景である。あの日からそこでは夕日は沈むことがない。なぜなら眺める人がいないから。美しい夕焼けは眺める人がいてこそ存在するから。そして夕焼けに続く夕餉や団欒も失われた。原発事故はそのような人間的な時間を「奪った」のだ。今も帰れない住民は「夕焼け売りの声を聞きながら」「あの日の悲しみ」を食卓に並べ、失われた夕餉を想い続ける——。

原発事故という不条理を一方的に背負わされた被災者の、声なき怒りと悲しみ。福島に住む詩人はそれを痛切な暗喩で突きつける。読む者がそれをしかと受け止めることは、核被災の痛みを分かち合うことに繋がっていくはずだ。

「ひとであるためのことば」「ひとであるために選ぶことば」を詩人は探し続ける。夕焼けという人間の時間を呼び戻すために。

【二〇一九年】

一月・「曇りなきまなざし」

『村上昭夫著作集（上）――小説・俳句・エッセイ他』（北畑光男他編・コールサック社）が、没後五十年目の昨秋刊行された。

村上は一九二七年岩手生まれ。敗戦間際十八歳で渡満し四六年帰国。翌年郵便局員となり組合機関誌に作品を発表。五〇年結核発病後は療養所で詩や俳句を創作し、六八年『動物哀歌』でH氏賞を受賞するも、同年四十一歳で病没した。

短編「赤い戦車」は鮮やかな反戦小説だ。日中戦争初期、町に数台の戦車がやって来る。教師間野は図画のために生徒達に見学させる。「これで悪い支那兵を、皆んなやっつけてやるんだ」と興奮する間野に、貧しく成績の悪い武一は「先生、支那人てそんな悪いんだべか」と無邪気に笑いまごつかせる。翌日皆が立派な戦車の絵を提出するが、武一だけは赤い戦車の絵だった。「赤いタンク画いたって可笑しくない」「あれはな先生、支那のタンクだ」。衝撃を受けた間野は「少し足りない変った」子と決めつけ、やがて武一のことを忘れてしまう。

敗戦後武一の戦死を知った間野は、赤い戦車は武一自身だと悟る。武一は不幸な家庭に育ち皆にばかにされていた。「今に中国の人達を殺戮するという戦車に、閉じ込められていた自分の小さな苦悩を塗りつぶしたのではなかったろうか」。赤い戦車は「どうにも仕様がないものへの小さな抵抗」だった。間野は絵を燃やし涙を流し、今の教え子達を想う。平和への思いに赤く燃える戦車の夢で小説は終わる。

敗戦後の満州体験を素材とする長編「浮情」も、虐げられた中国人に寄り添う。長い闘病生活は真実を見る「死の眼鏡」をもたらしたという。近刊の下巻（詩）も併せ、詩人の曇りなき眼差しに学びたい。

二月・「『つくりもの』とは何か」

昨年十月詩人・仏文学者の入沢康夫氏が亡くなった。宮沢賢治やネルヴァルの研究、詩集『ランゲルハンス氏の島』『わが出雲・わが鎮魂』などで知られる。一九八〇年代に現代詩の世界に足を踏み入れた私は、「詩は表現ではない」「作者と発話者は別だ」という主張を、当時流行したポストモダンに与するものと捉え、現実に向き合う詩を否定しているともいつしか思い込んでいたらしい。

代表的な詩論集『詩の構造についての覚え書』（思潮社）を再読した。ハッとしたのは、初版の刊行が一九六八年、つまりいわゆる政治の季節の最中であること。じっくり読み進めると、件の主張の背景にある文脈が見えて来た。かいつまめばこうだ。詩が作者の純粋な表現だとして構造や関係を省みないことが、詩をゆきづまらせている。詩の諸要素の関係を解明し構造をダイナミックなものに鍛え直し、詩を「感受性の新しい容れ物」にして現実と対峙すべきだ――。

注目したのは以下の内容の箇所。構造＝「つくりもの」でない詩はない。だが「つくりもの」

という観念は「うさんくさい」。なぜなら権力者が「自らの秩序を、それ自体が一つのつくられた秩序であるくせに、自然の秩序の名の下にそれを隠蔽しつつ、広く及ぼし、そしてこれに対立する秩序を構想することを『つくりもの』として人々によって排斥されるようにしむけて来た」から。それに対し詩は、自身の「つくりもの性」を自覚しその可能性を追求することで、支配者の意図をあばきうる。詩の反逆性としての自由と倫理を突きつけうるのだ——。

「現代詩手帖」二月号も特集を組む。すぐれた詩人の営為を忘れず、その真意に今こそ耳を傾けたい。

三月・「時代の闇に抗する言葉」

二〇一八年一月に四十九歳で亡くなった詩人・小説家川上亜紀氏の新刊小説集『チャイナ・カシミア』（七月堂）が出た。川上氏が所属した詩誌「モーアシビ」（編集発行人・白鳥信也）も、別冊で追悼特集を組む。

学生時代から難病と闘いながら書き続けた。右記の他に詩集は四冊、小説集は治療体験を描く作品を収めた『グリーン・カルテ』（作品社）がある。『チャイナ・カシミア』の解説で笙野頼子氏は言う。「ひとつの世界をずっと生きて変わらない、その編み目に狂いはなく欺瞞はなく、そこにはいきなり生の、真実の『小さい』感触が入ってくる」。「真実の感触」とは詩的な物質感のことだろうか。あるいは鋭敏な自己意識、幻視、ユーモア、何より病苦を、今を生きる幸福へ解き放とうとし続けた意志か。

「彼方の砂漠の国では戦争があり／あなたはそのニュースを聴きながら／来たるべき瞬間のために爪を研いでいた／雨の匂いは重くたちこめて／湿度の高いこの国の上空には／いくつかの花火が上がっていた」
（「夏―Ⅰ」）

若い頃の作だが、心に秘めたつよい反戦の思いを感じる。

ツイッターに残された氏の言葉から、いわゆる戦争法案が強行採決された二〇一五年夏、病身を押して国会前に行っていたことを知る。中でも次の言葉に深い感銘を覚えた。

「強行採決は予測されたことではあったと言ったけど、それはなにをしても無駄だという意味ではなくて、ただ長い道のりなんだということ。デモも署名も意見の表明も、それからただ考え続けることもなるべくいやな気持にならないでその日その日を過ごすことも。」

人間の苦難にどこまでも寄り添い励ましてくれるものが、詩なのだ――。川上氏の珠玉の言葉は今も詩の光を放ち、時代の闇に抗している。

四月・「被災地蘇生の祈り」

三月十一日を奥付に記す中村千代子『タペストリー』（グッフォーの会）に深い感銘を覚えた。タペストリーとは室内を飾る西洋の織物。機で絵柄を織り出し、完成まで何年もかかるものもある。作者は長い歳月をかけ死者たち（作者もまた大切な人を失ったのか）の蘇生を祈りつつ、二十篇の被災地の幻想の情景を織り上げた。思考と感情の縦糸と繊細な日本語の横糸で。

「萌生の湿地はしろい水域をひろげ／止むことのない粒子が春を阻んでいる／とじられた錆びの柵戸をゆさぶって／真昼の月を劈く／消滅してゆくものが視ている凪ぎの海／目の臥せを縫いとってゆく灰／弔鐘は最後の耳を塞いで／背骨の海を撓ませる」（「1」）

放射性物質を「止むことのない粒子」と表現することで、作者は詩の矜持を守っている。この詩集がやや難解なのは、一語一語に長い歳月の悲しみを込めているからだ。なぜ多くの人が死なねばならなかったか、故郷を去らねばならなかったかという問いへの答えを、言葉を尽くし模索したからだ。原発事故に土地を奪われた人と牛の姿――。

「噛み返しの涎をいくすじも垂らしてうごかない／背を拭き背を撫で無言をこぼして／牛を牽いてゆくひとは／草の地を牛の地を捨てなければならない／風は杙のあたりに冬の実をよせている／まぼろしのような生に／ひと鞭を放ってたち竦む／塔に灰はふりつづけ／草がみだれても廃墟になりえず／おおいつくす灰の積み荷」（「5」）

この後、牛は河口を下り、人は天を仰ぎ牛追い唄を聴く。

細部まで魂のプリズムを通し描かれる風景は、やがて蘇生の場となる。復興の掛け声が席巻する中、このような詩が密かに書き続けられていたことに救われる思いがした。

五月・「美しくも危険な抒情」

今年の連休はテレビも新聞も改元一色だった。象徴天皇の退位と即位が戦後の一つの節目として話題になった、という以上の騒ぎだった。テレビに映る神を崇めるような人々の表情に不安を覚えた。象徴天皇制が国民主権と共にあることを知らないのだろうか。

「文藝春秋」五月号は退位を記念して「天皇皇后両陛下１２３人の証言」を特集する。天皇皇后と交流のあった一二三名の寄稿者が二人の「知られざる素顔」を描いている。美智子妃は詩を愛好し、詩人との交流の機会もあるとのことで、何人か詩人も名を連ねる。

著名な詩人たちがエピソードを綴る。長年の交流にもとづき詩の好きな「普通の女性」の姿を伝えたものもある。一方「私たち日本国民はなんという優雅で深切な国母を持ち、皇室を持っていることか」とか「万物の立てる響きにお心をお寄せになる皇后陛下の詩心はとても深い」というように、二人の詩人の賛美に身を委ねる筆致には驚いた。

企画自体がそうした態度を引き出しかねない類いのものであり、賛美する詩人が揃って戦前の生まれという背景もある。だが現代詩とは、戦前の抒情詩が戦争詩に向かったことへの反省から、詩自身と時代への批評意識を研ぎ澄ますことを存在理由として、出発したのではなかったろうか。

こんな時代でも、いやこんな時代だからこそ、詩人は自分の思想を持ち、自分自身を刻々と対象化する言葉が必要だ。「倚りかかるとすれば／それは／椅子の背もたれだけ」（茨木のり子「倚りかからず」）という決意で、個を否定する空気の中でも凛と背筋を伸ばして書く。それが、忍び寄る美しくも危険な抒情に寄りかからないための詩の姿勢だ。

六月・「沖縄から見えるもの」

与那覇恵子詩集『沖縄から見えるもの』（コールサック社）は第一詩集。作者は沖縄の大学で長年英語教育に携わりながら、詩作を続けてきた。またほぼ同時に論集『沖縄の怒り――政治的リテラシーを問う』（同）も上梓した。後者は「琉球新報」と「沖縄タイムス」の論壇へ投稿を続けたおよそ十年間の結実。共に退職という区切りにまとめられた。

「人が人間社会に生きる限り、書くことはメッセージを伝えるがためであると考える」と詩集のあとがきに書く与那覇氏の詩は、基地を背負わされた沖縄に今生きる者だけが感受しうる（あるいは感受せざるをえない）痛みを、空や海の美しさと共に切実に伝える。

どの詩も「弱々しく口ごもる真実を／黙って耐える真実を／言の葉の枯れ葉の下から／拾いあげるために」書かれた。日常が次第に非日常となっていく不気味さ、変わらぬ本土の差別意識への怒りとその戦前回帰の不安、沖縄の弱者にしわ寄せされる貧困。その中で作者にとって詩とは、安倍政権の語る「アベノミクス」や「平和」の空々しさを切り裂く、言の葉の命の輝きである。

詩集にあふれる詩への思いと、論集に満ちる安倍政権への怒りは深く繋がる。その底から聞こえる声――。

「今日も　きりきりと　爪を立て／沖縄の空を　アメリカの轟音が切り裂いていく／／切り裂かれた空から／したたり落ちる／血／／傷だらけの空を抱えて／立ちすくむ／わたしたち」「沖縄からは日本がよく見える／と　人は言う／／水平線のかなた／あなたのいるそこから／今／どんな日本が　見えているのだろう？」（表題作）

「日本」を照らし出す沖縄の詩性の真率な輝きに、注目したい。

七月・「『空虚を食べる』力」

かつて現代詩の舞台の多くは、「都会」としての都市だった。都市の現象や文化が、問題性も含めて現代性の象徴と目されたからだ。都市の孤独を享受する言葉が、輝いて見えた時代も確かにあった。だが今はどうか。

二十年ぶりに詩活動を再開した山本育夫氏の『田舎の寂しさ』（つなぐNPOほんほん堂）は、表題通り地方が舞台。作者の住む甲府での日常に身を寄せるように書かれた収録詩は、「毎日詩」と題しSNSで発表されたものだ。風景の寂しさと人の温かさとの混じりあう「田舎」の空気感を、巧みに詩に映り込ませている。

「家とひとどが／くっついておたがいに／なじんでいた／人家ことごとく／死して／ひとも家も／どこかへ行ってしまった／するとそこには／ぽっかりと／空虚がすくってしまう／その空虚を若い人たちが／食べたいという／ステキだ」　（「リノベーション」全文）

持ち主が亡くなった家の跡地にぽっかりと「空虚」が巣食う。若者たちがそこで何かを始めようとする。その動きを「空虚を食べる」と表現したのがいい。「ステキだ」の結語がきらめく。言葉をちょっとひねり絶望を希望に変える転換に、技量の高さを感じる。

現代美術家でもある山本氏は、一九八〇年代言語の物質性を模索する詩で注目された。擬声語が跳ね回る言葉の反乱とも言える詩は、今も私の記憶に鮮やかに刻まれているが、「田舎」の静かな空気感を伝える現在の詩は、さらに深く浸透する物質性を感じる。

氏は現在、美術を介し地元の市町村をつなぐ活動に携わる。再開した個人誌「博物誌」に書き下ろした詩作品では、地方の空気とアートを紙面で見事に融合させた。

地方とは、「空虚を食べる」力が生まれる言葉の最前線だ。新たな詩の舞台で新たな詩が始まる予感がする。

八月・「ことばが自らうごきだす」

『新国(にいくに)誠一詩集』（思潮社）が出た。新国は一九六〇年代から七〇年代にかけて「視覚詩」を独自の方法論で切り拓いた詩人だ。当時国際的にも高い評価を得ていたが、死後は言及が少なくなっただけに、今回の上梓を喜びたい。

視覚詩とは、文字の形や配置などで視覚性を強調する実験詩のこと。日本語では難しいと言われるが、新国はむしろ日本語ならではの可能性を見出した。大小の漢字をちりばめ、紙面を奥行きある空間に見せる詩。ひらがなとカタカナを混在させ、意味と音が生まれる現場を再現する詩。漢字の反復、類似、部首などの面白さからデザインされた詩——。

新国のモチーフは多岐にわたるが、いくつかは当時の社会問題への鋭い意識をにじませる。「膿(うみ)になった海」は、「膿」が埋め尽くす紙面の中心に「海」の一字を置く。水俣病などの公害問題を視覚化したのだろう。「大地」は、「土」を下から上へ、サイズを次第に小さくして配置しており、全体は十字架が無数に並ぶ戦場の墓地に見える。「反戦」では「反戦」の「反」がばらけ「又戦」になった後、やや大きく置かれた「又」で終わる。戦争の記憶が風化する社会への怒りではないか。

新国は戦後詩の手法である隠喩の曖昧さを嫌う一方、言葉が写真を説明するような写真詩を批判し、「ことばがモノそのものとして自からうごきだす」視覚詩を目指した。視覚詩はやがて言葉のエネルギーで国家を超え、「空間文明時代の人間の宇宙的存在」に寄与すると考えた。

新国は一九七七年に五十二歳で亡くなったが、その詩は古びるどころか、今鮮やかに発光する。未来を信じる詩のエネルギーが、未来を忘れた時代の薄闇を刺し貫く。

九月・「時代の闇に光る知性」

『薔薇色のアパリシオン　冨士原清一詩文集成』（京谷裕彰編・共和国）は、戦前日本のシュルレアリスム運動の中心にいて、知的で幻想的な作品で注目されながら、一冊の詩集も出さず一九四四年、三十六歳の若さで戦死した詩人の全体像を明かす貴重な一書だ。

シュルレアリスムは第一次大戦後フランスで始まった芸術運動。世界大戦に帰結した近代への疑いから、夢や無意識の豊かさに新たな創造の可能性を見出した。日本のシュルレアリスムはフランスと比べ非政治的で美学的とされる。だが軍国主義へ向かう時代の闇の中で知性（エスプリ）の光を掲げ、自由な世界を創造する意志を突きつけた。それゆえやがてマルキシズムと同様国家の弾圧対象となる。

「アパリシオン」とは仏語で「出現」。冨士原の詩はどの細部も詩への純粋な意志が煌めき、そこから未知の世界が現出する。狭い意識に囚われた「私」を解き放ち、自己妄想に駆られる国家からはるか対極に立つ。その「自由」＝「火災」がつかのま照らし出す時空は、余りにも美しい。

「正午　羽毛のトンネルのなかで盲目の小鳥達は衝突する　彼等は翼のない絶望の小鳥等となつて私の掌のなかに墜落する（略）其処に起る薔薇色のアパリシオン　薔薇色の火災は私の美しい発見である　雛罌粟よ　汝がこの絶望の空井戸の中に生へてゐて私の発狂せる毛

髪の麗はしい微笑を聞くのはこのときである」

（「apparition」）

戦争末期、徴兵検査で丙種だったにも関わらず召集された詩人は、乗船する船に魚雷攻撃を受けて朝鮮木浦沖で絶命した。「薔薇色のアパリシオン」の美しさは、戦間期に奇跡のように詩を生きた詩人の、今の私たちへの痛切な伝言である。

十月・「3・11から9・11の現場へ」

長田典子『ニューヨーク・ディグ・ダグ』（思潮社）は、二〇一一年から二年間米国に留学をした体験の結実だ。異文化との葛藤、日米双方への違和感といったテーマと共に、自分自身の苦悩と向き合っていく。幼年期のDVのトラウマ、来し方への自省、愛への疑念——本詩集は自身と世界の痛みに同時に貫かれた、貴重な感情の記録である。

五十代で留学を果たした作者にとって、米国は再生のための場所だった。

「ここに来てからは／悪夢を見ることはなくなった／わたしは／満員のフェリーに乗る観光客のひとりとなり／汽水域をなぞって／ゆるゆると／自由の女神を見るために／リバティ島へ／そして／かつて移民局のあった／エリス島へと／移動した／とても平凡で穏やかな行為として」

（「やわらかい場所」）

だが3・11が地球の裏側から揺さぶりにかかる。

「わたしは一時間中喋り続けてしまった／からだの底から突き上げてくる怒りを、恐怖を、／ニホンのメディアとアメリカのメディアの報道の食い違いについて／ニホンの地震について、TSUNAMIについて、／（略）／それから、／ニホンの政府が安全だと原発を推進してきたいきさつについて、／コントロールできない原発事故の危険性について、」

（「ズーム・アウト、ズーム・イン、そしてチェリー味のコカ・コーラ」）

作者は何度も叫ぶ。「リアリティ、ってなんなんだ！」（同）

3・11に突き動かされ9・11の現場に立つ作者は、幻想の中で死者となりその無念を知る。あるいは銃社会の恐怖が呼び覚ますDVの記憶から、やがて父への愛を見出していく。母国で見失った愛や希望が、異国で新たな命を得ていく過程が赤裸々に語られ胸を打つ。自分自身と世界に向き合って生まれる感情は、深く豊かだ。本詩集はそのことを率直に教えてくれる。

十一月・「世界という狂った庭」

大西昭彦『狂った庭』（澪標）は、世界の片隅で生きる弱者たちの気配を、的確な描写と巧みな比喩で、読む者の感覚の深みに伝える珠玉の一集だ。

作者は映像プロデューサーでもある。ユーゴ内戦や阪神・淡路大震災を取材した。本詩集には作者が出会った同時代を生きる、あるいは生きられなかった者たちの気配が立ち込める。内戦のユーゴの村で、旅人である自分を家に招き入れた男が、目の前で撃たれ亡くなった。

「ぼくはわけもわからず地べたにひれふし、／ゆらゆら揺れる緑のなかに転げこんだ。／炎のように熱かった。／からだがガシガシに乾いた雑巾のように強張っていた。／揺れる緑のむこうに、白目をむいた男の顔があった。／どろんとした重そうな血が地面に広がっていくのが見えた。」（「ゆらめく緑」）

この「血の重さ」は今世界を覆う。戦争、グローバリズム、気候変動――全ては止まない雨に打たれ自滅するかのようだ。

「錆びて鉄屑のようになったルノーが／通りの片隅で雨に打たれている　色を失い／まるで白亜紀の終わりの凍える恐竜のようだ」（「薄紅色の花」）、「爛々と輝く目に空虚をにじませ／ストリートチルドレンの少女がいった／ただ死ぬのを待って生きているだけ」（「春と死」）

一見平和な日本の「オイルペイントされた夏空」（「真夏の痩せた鳥たち」）も同じく重い。だがそれと知らず乗り越えていくものもある。出稼ぎのフィリピーナたちの「生きていくことに

／ためらいのない鳥たちの歌」（同）、「すべてが白く消失した路地」に死者の魂のように巣食う「無花果の影」（「昏（くら）い水」）、病んだ自分に肩を貸す刺青の男——。世界という「狂った庭」。この詩集にみちるのは、そこになお雨音と沈黙を聞き届けようとする静かな意志だ。

十二月・「怒りをより深く」

今現実を直視する詩人は、怒りの感情と無縁ではいられない。そして詩とは、怒りを解消するのではなく、より深いものにする言葉の模索だ。

水島英己『野の戦い、海の思い』（思潮社）には、沖縄の基地問題に対する激しい怒りがある。だが作者は感情をあらわにはせず、まず自身に耳を澄ませながら書く。徳之島出身の作者の魂は、沖縄の魂と繊細に共振する。

「基地の島の数々の不条理／昔も今も変わらない、日本人の／圧政者たちの厚顔無恥／暴くのは武器ではない／余りにも多くの戦死者たちの無念が暴くのだ／魂の飢餓感として、いまだ浮遊し続け／凝固して「命（ヌチ）どぅ宝」という不滅の言葉になる／その思い（ウム）に応え／明けもどろの花となって／太陽（ティダ）が燃え立つ／その場所を／沖縄と呼ぶ」（「沖縄」）

宮尾節子『女に聞け』（響文社）にあるのは、男性優位社会がもたらす暴力性への怒りだ。

原発や虐めや差別、そしてその帰結としての戦争への怒り。だが作者の怒りにはユーモアと情愛と、母が息子を抱きしめるような命の温もりがある。

「わたしが／恥ずかしい、格好をしなければ／こんなにも／恥ずかしい格好をして、ひとりで踏ん張らなければ／あなたは、この世に生まれて、来れなかった。／（略）／どんな姿から、いったい何が生まれるか。生まれないか。／男よ、だから／あなたが忘れている。産声を、わたしは知っている。／／けんぽうきゅうじょうに、ゆびいっぽん／おとこが、ふれるな。やかましい！／平和のことは、女に聞け。」

（「女に聞け」）

宮尾の詩集はクラウドファンディングによって資金調達された。現状への怒りを抱え詩に期待する人が多いことに驚く。

詩は人間の根源的な感情として、命の底から今もつねに溢れている。

あとがき

あとがき

本書は私の四冊目の詩論集である。二〇一五年から一九年にかけて発表した、詩論、エッセイ、書評、時評を収めた。

あらためて自分が書いた文章を読み返してみると、時代と共に足元が深淵へ傾いていく感覚の中で、危うい小さなホールドを摑もうとするかのように、自分が詩の言葉を求めて来たのが分かる。

この五年間、安保法制＝戦争法とテロ等準備罪＝共謀罪に代表されるような、政治を筆頭とする様々な言葉のすり替えを目の当たりにして来た。大袈裟ではなくそのたびに世界から意味というものが消え、人間という存在が形を失う気がした。そして崩壊する意味や人間の向こうに現れて来たのは、これまでの視力では太刀打ち出来ない闇である。意味や人間は輪郭だけを保つ水棲動物のように闇を透かせて漂っているが、それはじつは自分のすがたでもあるかも知れないと思うと怖い。

本書で最も多く取り上げたのは黒田喜夫である。本のタイトルにある「毒虫」は、黒田の代表作「毒虫飼育」に、カフカの『変身』の主人公ザムザを重ねている。そこに託した思いは巻頭の表題作（副題は異なる）を読んで頂きたいが、その核心は次の箇所である。

「詩は『毒虫』の声の側にある。正確には『毒虫』の中の人間の声、つまり毒虫化した世界によって、人間のものだからこそ通じないもの、『毒虫』のものとされてしまう声の側にある。」

ここには二〇一五年の安保法案可決の時点での実感が滲んでいる。あれ以来ずっと、国家という共同体とそこに属する国民の共同体意識は、毒虫化し続けて来たように思う。さらに二〇二〇年の今、ウイルスという本物の毒虫が、私たちが守って来たと信じるそれぞれの「人間」に挑んでいる。孤独な戦いへと追い詰められていくこの状況の中で、詩を書いたり読んだりすることとは何だろう。唾棄すべき「毒虫」的行為だろうか。あるいはむしろ自ら「毒虫」となり「声なき声」を聞き届けようとすることで、新たな闇の中で詩は生まれるのか。いずれにせよ共同体の水槽に漂う「詩のようなもの」になり果てたくはない。

黒田の他に本書で取り上げた詩人たちはみな、「毒虫」たらんとした人々である。かれらの言葉もまた言語体系の水槽の中を彷徨うかのように見えるが、今その眼はたしかに光っている。何を訴えているのだろう。どんな感情にみちているのか。いずれにしても私が光に気づけたのは、闇の深まりがあったからである。本書の各文章を書いている間、詩人たちの言葉の煌きを自分自身の言葉で慈しみながら、私は無数の小さな希望に射抜かれていたのだと思う。

どこかに光り出す詩という希望をこれからも見出していきたい。「人間」が続く限りやがて見えてくる星座を、それらは準備するだろう。

ふらんす堂の山岡喜美子さん、装丁の毛利一枝さん、装画の田中千智さんに厚く御礼申し上げます。

河津聖恵

二〇二〇年四月二八日

初出一覧

Ⅰ論考

1「毒虫」詩論序説――二〇一五年安保法案可決以後
（『詩と思想』二〇一六年一・二月号）

2どこかに美しい人と人との力はないか――五十六年後、茨木のり子を／から考える
（『文藝別冊　茨木のり子』二〇一六年八月）

3渚に立つ詩人――清田政信小論
（『詩と思想』二〇一九年七月号）

4夢の死を燃やす――「黒田喜夫と南島」序論
（『脈』102号、二〇一九年八月）

5金時鐘に躓く――私たちの報復と解放のための序章
（『現代詩手帖』二〇一八年九月号）

6黒曜石の言葉の切っ先――高良留美子『女性・戦争・アジア』から鼓舞されて
（『詩と思想』二〇一七年七月号）

Ⅱエッセイ

1花の姿に銀線のようなあらがいを想う――石原吉郎生誕百年
（『季刊びーぐる』28号、二〇一五年七月）

2「光跡」を追う旅――二〇一四年初冬、福岡、柳川、長崎

①明滅する絶望と希望――立原道造への旅
（二〇一五年五月四日『西日本新聞』）

②死の予感、詩のともしび――尹東柱への旅（二〇一五年五月六日『西日本新聞』）
3二月に煌めく双子の星――茨木のり子と尹東柱
（「詩人茨木のり子の会」会報No.24、二〇一七年三月）
4「世界」の感触と動因――解体を解体する「武器」を求めて黒田喜夫を再読する
（『季刊びーぐる』33号、二〇一六年十月）
5共に問いかけ続けてくれる詩人――石川逸子小論（『詩と思想』二〇一五年三月号）

Ⅲ書評

1苦しみと悲しみを見据える石牟礼道子の詩性――渡辺京二『もうひとつのこの世』・『預言の悲しみ』（『図書新聞』3387号、二〇一九年二月十六日）
2現在の空虚に放電する荒々しい鉱脈――黒田喜夫詩文撰『燃えるキリン』
（『現代詩手帖』二〇一六年十一月号）
3「にんごの味」がみちている――『宗秋月全集』（『詩と思想』二〇一七年三月号）
4日本人が聞き届けるべき問いかけ――金時鐘『朝鮮と日本に生きる』
（『季論21』二〇一五年夏号）
5新たな「共同性」を希求する声――橋本シオン『これがわたしのふつうです』
（『図書新聞』3333号、二〇一八年一月一日）
6「世界の後の世界」の美しさを信じよう――福島直哉『わたしとあなたで世界をやめてしまったこと』（『図書新聞』3289号、二〇一七年二月四日）

7この青からより青なる青へ――荒川源吾『歌集 青の時計』
（『思想運動』1015号、二〇一八年二月一日）

8魂深くから聞こえる月母神の声――高良留美子『その声はいまも』
（『現代詩手帖』二〇一七年九月号）

9危機感と絶望の中で自身の実存を守るために――テンジン・ツゥンドゥ『詩文集 独りの偵察隊』
（『図書新聞』3412号、二〇一九年八月十七日）

Ⅳ時評

1タブーと向き合えない弱さ――「表現の不自由展・その後」中止に寄せて
（『京都民報』二〇一九年九月八日）

2透明な武器で撃つ――京都朝鮮学校襲撃事件を中心に
（『詩と思想』二〇一九年八月号）

著者略歴

河津聖恵（かわづ・きよえ）

1961年東京都生まれ、京都在住。京都大学文学部独文学科卒業。第23回現代詩手帖賞受賞。詩集に『夏の終わり』（ふらんす堂、第９回歴程新鋭賞）、『アリア、この夜の裸体のために』（同、第53回Ｈ氏賞）、『姉の筆端』『クウカンクラーゲ』『Iritis』『青の太陽』『神は外せないイヤホンを』『新鹿』『龍神』『夏の花』『現代詩文庫183・河津聖恵詩集』（以上思潮社）、『ハッキョへの坂』（土曜美術社出版販売）。詩論集に『ルリアンス―他者と共にある詩』、『パルレシア―震災以後、詩とは何か』（思潮社）、『闇より黒い光のうたを―十五人の詩獣たち』（藤原書店）。共著に野樹かずみとの連作集『christmas mountain わたしたちの路地』（澪標）、『天秤―わたしたちの空』（草場書房）、新藤凉子・三角みづ紀との連詩集『連詩 悪母島の魔術師』（思潮社、第51回歴程賞）、中西光雄、伊藤公雄、山室信一他との共同論集『唱歌の社会史 なつかしさとあやうさと』（メディアイランド）。

「毒虫」詩論序説――声と声なき声のはざまで
二〇二〇年七月一〇日　初版発行
著　者――河津聖恵
発行人――山岡喜美子
発行所――ふらんす堂
〒182-0002 東京都調布市仙川町一―一五―三八―二F
電　話――〇三（三三二六）九〇六一　FAX〇三（三三二六）六九一九
ホームページ http://furansudo.com/　E-mail info@furansudo.com
振　替――〇〇一七〇―一―一八四一七三
装　画――田中千智「Dream」
装　幀――毛利一枝
印刷所――㈱渋谷文泉閣
製本所――㈱渋谷文泉閣
定　価――本体二三〇〇円＋税
ISBN978-4-7814-1282-5 C0095 ¥2300E
乱丁・落丁本はお取替えいたします。